五行歌秀歌集 4

’16 ～ ’20

草壁焔太編

市井社

秀歌集4の序

草壁焰太

五年ごとに刊行するこのシリーズも、四冊目、その前に出された『五行歌の事典』が、最初の選歌集とすれば、五冊目となる。五行歌運動を始めてから、二十七年半、月刊誌『五行歌』は、この九月で三百二十九号となった。

そして、五行歌全体から秀歌を選んだ集が五冊目。よくやったと思う。というのも、もう次の秀歌集は、私の秀歌集ではないかもしれないと思うからだ。果たして、そのときまだ生きていたとしても、それだけの精神力があるかどうか、何の保証もない。

心のうちに、「もういいかな～」という気持ちもある。

しかし、代わりの人では難しいかとも思う。五行歌全体を見ていて、その将来を決められる人は、なかなか出ないだろう。まずは、その立場にいないといけないが、その立場には私がまだいるかもしれない。

そういう予想もできないこの先を思うと、この『五行歌秀歌集4』は、非常に重大な意味を持つ。私の締めくくりの選歌集だと、思うべきだからである。

この集の序を書き始める前に、いままでの三冊の序文を読み返し、そのついでにいままでの三冊のなかみも、読み返した。どの秀歌集も全身全霊をかけて選し、配列したものであったが、読みながら、忘れているものが多いのに驚いた。それだけでなく、歌のいいことにも驚いた。

一つ一つ、こんなによかったかと思う。驚きは、慄きにも近いものがあった。歌もよすぎるものは、慄きである。魂が震える。それくらいであって、初めて秀歌とはいえるものだ。改めて、「秀歌」というものの意味を知った気持ちになった。

とくに『五行歌秀歌集3』はよかった。そこで、今度の4を読み返すと、やはりいい。1、2よりも、かなりよくなっているように思える。

どこが？

それにこたえるには、かなり膨大なスペースが必要かもしれないが、一口に言って、歌の奥行き、よさの奥行きが違ってきたということであろう。1、2とよい歌を見ているうちに、うたびとの心も、歌もさらによくなってきたということなのだ。

例を挙げてもいいが、秀歌集の歌はすべてが例に値するから、あえて挙げない。みなさんも、是非、いままでの秀歌集と読み比べていただきたい。

というのも、これだけよいものが、さらに進化するということを知ることが、重要だと思うからだ。それは、我々はもっとよくなる、ということを意味する。また、我々も五行歌もそうでなければならない。

この進化をもたらしているのは、思いの進化である。人の思いの表れた歌に感心する。すると、その思いは、心に取り入れられる。ところが、心は同じ思いを抱いていることにたえられない。同じでは面白くないから、思いをさらに一歩深める。こうして、みんな思いがそれぞれに進化し、得も言われぬ思いが歌になってくる。その凄みが3とこの4の歌なのである。

私は、このことを確認して、「ああ、よかったあ」と心の底から、安心した。五行歌はただときが過ぎただけではなかったのである。みんなの思いが、みんなに影響し合い、深さも、高さも、幅も、増してさらによくなっていたのだ。

こういうことを知るためにも、こういう秀歌集のようなシリーズは必要であろう。

こういう選集も五冊目となると、別の意味で相当に変化もしている。

まず、歌数が多いから、さまざまなジャンルに分けるのはいつもだが、この4では分け方がかなり変わった。これは、私の気持ちが変わったからだと言ってもいい。

1は三十四巻、2は三十八巻、3は三十九巻だったが、この4は、三十一巻となっている。一番、大きな変化は、高齢、闘病といった巻がなくなったことである。

その理由は、そういった項目の歌がかなり多くなっており、そういった見出しを巻名にすると、世の中真っ暗とでもいいたいような構成になるからである。

そこで、「生《せい》」「生活」といった巻でそれらを扱うようにした。例えば、病や療養は、現代の人々の生活の中に当然のようにあり、生、あるいは生活として考えられるからである。高齢についていえば、今の世の中では九十歳以上が高齢ではないかと思われるが、その水準は年々上がってきており、高齢という名詞でくくるのは、悲観的に過ぎると思われる。

だから、あえて高齢と断らなくてもいい、と考えたのである。

高齢がふつうになったとしたら、果たして高齢という言葉に意味があるだろうか。高齢の人のほうがよほど若いという場合も多い。生活も自由、生活の質も高い。

それで、「生」を感じさせる歌は「生」、生活の歌は「生活」、というものを意識させる歌として集めた。

それとともに4の巻名のもう一つの特徴は、動物とか、植物とか、百科事典にありそうな巻分けをやめたことである。私自身、百科事典好きのようなところがあって、いままでは動物、植物でやってきたが、それではいかにも詩的でない。

そこで、「木・花・実」「生き物」「海・山・空」といった巻名にした。もう一つ、最初の巻は「宇宙・自己」としている。私は、この二つのものを同じものだと感じている。それはおかしいという人がいても、私はこの世は、宇宙と自己の対立関係からできており、それは同じものなのだという思いがある。私の勝手な思いといわれてもよい。人が「私」といい、「宇宙」というとき、それは同じことを言っているのだと思っているのである。それが、私の思いであって、それによって、この秀歌集を編んでいる。したがって、この秀歌集は、私の秀歌集できわめて個性的なものだと言いうる。私としては、こういうものでさえ、個性によるものだと言いたいのである。

次に誰かが作れば、その人の個性によるであろう。

私自身は、自分の好きなようにして、非常に楽しかった。しかも、歌はそれぞれみんないい。一つ一つに心が震える。

この4で、私はもう一つ、変えた方針がある。それは、いままで、五行歌の会の同人会員だけでなく、できるだけ多くの人の作品を集めることを方針としていたが、主として同人会員の作品とするように変更した。というのも、同人会員は、自分の作品を永久に残したいという意思を持ち、真剣によい作品を書く努力をしている。

同人会員であるのは、その熱情による。しかし、同人会員以外の人は、そこまで真剣ではない。真剣ならば、この運動に参加するはずである。このため、意思のはっきりした同人会員の作品をより多くすることにした。

同時に、掲載する場合、同人会員以外は、一応、意思を確認する必要もあろう。追跡できずに掲載すれば、著作権の問題も起こりうるから、もちろん掲載しないのが良識である。

同人会員は、歌を多くの人に読んでもらうため、使用の許諾など全部、私に任せてくれている方々である。特に契約書などは交わしていないが、詩歌の雑誌の主宰者と同人会員の間には、そういう暗黙の了解がある。

主宰者が、同人会員の作品を用いるのは、それらの作品が世に認められるようにするためであり、同人会員はそれを認めている。それでも、歌会などに来ている方の作品は一部含んでいる。

子ども五行歌についても、了解を得ることが困難なため、諸学校で行われている子ども五行歌の作品は含ませないこととした。五行歌を書かせている学校は多く、数も膨大すぎる。したがって『五行歌』本誌に掲載しているものに限った。

五行歌の会とともに、活動している友誌『彩』の会員については、主宰の風祭智秋さんと話し合って、五行歌の会の同人会員と同様に掲載させていただいた。このことをうれしく思う。

私のやりたいようにさせて下さっている同人会員のみなさんに、深く感謝し、よい歌をこんなに数多く作って下さったことにも深く感謝する。この秀歌の数々は、この時代の珠玉として後世に語り継がれるだろうと確信する。

二〇二一年七月二十八日

目次

凡例

本選歌集は、主として二〇一六年一月から二〇二〇年十二月の間に、月刊『五行歌』等に発表された五行歌の中から、草壁焰太が選して編んだものである。（一部発表時期の異なるものも含む。）

一、作品は作者の用いた言葉そのままを尊重した。
二、作者が幼子、少年少女については、作歌当時の年齢を付した。児童については「小五」など学齢を付した場合もある。
三、作者名で読みが特殊なもの、困難なものについては、ふりがなをつけた。
四、作者が複数の筆名を使っている場合は、作者に確認して、おおむね最新の発表名とした。
五、作者地名は、索引の氏名のあとにつけた。地名についても作者の好みを尊重している。好みが不明なときは県名とした。
六、故人については、索引の地域の後に「故」と表記した。ただし、五行歌の会で確認し得た場合のみである。

巻一

宇宙・自己

三隅美奈子

20億光年を
1キラリと名付けよう
キラリ　キラリ
そんな長さで流れていくのだ
宇宙の河は

柳瀬丈《たけ》子《こ》

重力波
十三億年を経て
届いた時空のさざ波
何故だろう　この
深く静かな興奮

鳥山晃《てる》雄《お》

永遠など
いらない
一つの人生が
すでに
永遠ではないか

柳沢由美子

宇宙の塵のような
個体が
宇宙を凌駕するほどの
思いを
抱く

山碧木《やまあおき》　星《ほし》

膨大な
時間の無駄ではないのか
こんな
一粒が
宇宙《そら》を視ている

岡田道程

宇宙から眺めると
地球は
色彩の爆発だという
神なる星は
ここ、大地の惑星《プラネット・アース》

寿柳裕子

宇宙ステーション
「きぼう」が
光になって
日本の夜空を
渡っていく

春野一人

銀河には一千億の太陽がある
宇宙には一千億の銀河がある
その宇宙がだね
無限近くもあるというのが
近頃の学説だよ

玉　虫

心が折れそうな時
天を仰いで
自分の中の
一番太い弦を
響かせる

福島吉郎

いらん
いらん
今日は
自分も
いらん

高橋美代子

海あり、山あり
住み慣れた
風土の中で
動かざるものとして
私は在る

水源《みなもと》　純

大海原に向かう
探検家の思い引き寄せたつもりで
仁王立ち
小さな浴室の
シャワーの下で

南野薔子《しょうこ》

自己を
放下したい
と思う自己を
放下したい
と思う自己を

金沢詩乃

いざ
苦悩が消えたら
わたしの中身は
実は空っぽで
死にたくなった

黒乃響子

一番じゃなくても
良いという
無欲のふりで
自分を守る癖
もう 捨てなきゃ

三好叙子《のぶこ》

仰ぐたびに広がり
うつむくたびに深くなる
膨張しつづける
わたしの
宇宙

風《ふう》　子《し》

メタンの雲
メタンの雨
メタンの海
衛星タイタンは
零下の異界

山崎　光

七百万年前から
終日
人間専用車です
お急ぎの方は
他の惑星を

蘭　洋子

太陽系誕生のときから
決まっていたと
思えば
壮大な
わたしの生涯

田上洋治

宇宙の
ちりから
生まれ
ちりに帰る命
ガッツリ生きてやる

そびえ立つ
弱い自分を
越えて
頂を
めざす

中島さなぎ

原子からできてる
人間に
どうして
「意識」が
あるんだろう

馬《ま》 一呵《いっか》

自己満足の
頑張り過ぎは
誰かの不幸に
繋がる事があると
誰かが言った

小谷要岳

永遠も刹那も
変わらない
気がした
春先の緩《ゆる》い
眠りの中で

作野昌子

西垣一川《いっせん》

堕ちては
弾む
手毬のようなわたしだ
もっと弾め
もっと空へ

樹《いつき》　実《みのり》

どけどけー！劣等感のお通りだ
ネガティブビーム！

グチグチボンバー！

ジェラシーキック！

「脳内騒音夥多」

戸水　忠

私とは
私に私を
語って
聞かせる
物語だ

江田芳美

よし
畑に出よう
太陽に負けず
畑に出よう
まともな人間になる

水野美智子

若いアナウンサーの
頼りなげな
表情がかわいい
それに引き替え私の
世の中舐めた顔

樹《いつき》　実《みのり》

プライドが高いくせに
自分嫌い
なんてちぐはぐな
ピカソの
絵の女みたいだ

永田和美《なごみ》

私は
何に
なりたいのだろう
自分以外には
なれないのに

柴田朗子

歳を重ねても
興味津々を貫くこと
これが私の
通奏低音と
なっている

心と体
一体のようでいて
相手に内緒で
やってみたい事が
あるような

渡邉加代子

言いそびれた
感謝のことば
謝罪のことば
賞賛のことばを
抱えて生きる

村田新平

自画像を描きます
ワンピースの大きなポケット
なずなの花束を
ちょっと覗かせて
スニーカーは空の色

松山佐代子

自らのために空けた
風穴
広がって
他人の
心地よい風が吹き込む

高橋美代子

三好叙子《のぶこ》

私固有の遺伝子がある
そう知って
なぜか誇らしく
得心がいく
自分というもの

漂《ひょう》　彦龍

そんなに
自己肯定して
何が嬉しいのかなと
他者を見ている自分を
肯定している

高原《こうげん》郁子《かぐわし》

「品格、品格って
うるさいなあ」
高原さんは
横綱でないきん
分からんのじゃわ

芳川未朋《みほう》

私情を
さしはさむ
どころか
私情しか
ない

外見《そとみ》も内身《なかみ》も
ありのままの
自分に
惚れよう
話しはそれから

河田日出子

生命とは
このことか
草の露の
中の
朝焼け

松山佐代子

理由はないが
齋の字が好きだ
中1の時覚えた
鬱は小6の時
私《ひそ》かな矜持

青山　司

いい年
なのに
何も語れない
未熟な
背中

荒木雄久輝

娘
妻
母
祖母になれた
後は最高の私になるだけだ

静御飯

録音をすると
自分が
全部見える
きつい声
自信のない声

石川珉珉

毒虫を
刺す
毒虫になって
僕は
生きてやる

蘭 洋子

引き立てて
もらうたび
しり込みしている
恥でできた
私なのだ、と

佐藤沙《さ》久《く》良《ら》湖《こ》

華やかさのなかで
さびしくなる
癖
思春期みたいな自分に
笑えてくる

三好叙子《のぶこ》

日頃
代理で済ましていると
本人の出席が
まるで
代理の代理みたいだ

八木大慈

十六世紀の
西班牙《スペイン》の
異端審問官に似た
鏡の中の
冷やかな眼

漂《ひょう》　彦龍

これもそれもあれも
全部「私」
何で一つに絞ろうとするの
逃げ場はたくさん
あったほうがいいじゃないか

樹《いつき》　実《みのり》

私は……生きる
の間に入れる言葉を
探して
この歳まで
まだ見つからない

杉山佳久

月も私も
けっして光の届かない
永久影を抱えている
生から解き放たれる瞬間に
光射すことを信じて

風祭智秋《ちあき》

入道雲の
迫力が欲しい
押さえきれない
この欲望を
表現するために

かおる

誰か
書いてよ
私の「トリセツ」
私は私が
わからない

村松清美

中島さなぎ

自己満足
自己嫌悪
自己憐憫
不規則三日ローテーション
自己管理できず

漂《ひょう》　彦龍

嘘をつかないように
閻魔の前で
黙秘権を行使したら
どうせ無用と
舌を引っこ抜かれた

山崎　光

一千万年後
ぼくは
土に還る
土偶になって
青空を仰ぐ

巻二

春

泉　ひろ子

あっちでもコックリ
こっちでもコックリ
ねむりの国へ
春は
コックリ電車

夢　助

開かれた日傘が
坂道をズルズルズルズル
一人でに駆け上がってくる
さしていたのは
春風小僧だった

山本淑子

畑土につっこんだ
手の心地よさ
地上だけが
まだ
冬か

窪谷　登

白と黒
わずか二色で
美
存在感は
四月富士

春が一歩進めば
冬は二歩後ずさる
我が信州に
羽根雪
舞う

風祭智秋《ちあき》

シラサギで
小径が
真っ白になった
忘れられない
春の色

篠原哲夫

ころころ
ころころ
花びらが
改札口を通っていく
これから北上いたします

中山まさこ

浅緑と
桜の
見分けがつかないほど
淡い
四国の春

草壁焔太

福田雅子

用水路を
流れる
水の音が
半音上って
春が来る

上田貴子

梅の木に
花の数ほど
咲く雀
にぎやかに
おしゃべり日和

とりす

こんなに悪い
世の中に
なったのに
また爽やかな
春がきた

泉　ひろ子

ほしかった
白いまな板で
春キャベツきざむ
白い音が
うれしい

桃の花は純白
窓ガラスを
よく磨いて
春を中まで
入れてやる

馬《ま》　一呵《いっか》

桜　菜の花　欅の芽
生命溢れる
季節
わたしは一歳《ひとつ》
若返る

酒井映子

薔薇の公園の先の
春の海
鯨のような背を見せて
潜水艦が
まどろんでいる

朱　夏

歩いても
歩いても
ツツジ
花がわたしを
追い越していく

志村礼子

大風に
揺れる
銀杏の若葉
はるか坂下まで
緑の波打ち際のよう

草壁焰太

巻三

夏

川原ゆう

磨き込まれた床に
濡れているかと
見紛うほど
深く映り込む
青もみじ

於恋路《おれんじ》

ライオンが
ゴロリゴロリと
仰向けに
寝ころがっている様な
五月の一時

神部和子

家中に
充満する
牡丹の
香り
宮廷にいるようだ

岩瀬ちーこ

雨空も
青空も
寺社も
アジサイの
背景

川添洋子

あじさい寺に来たものの
帰るバスが
午後一本
花に閉じ込められた
贅沢な一日

村田新平

水の器という
学名をもつ
紫陽花
雨に濡れて
色さらに鮮やか

宮澤慶子

豌豆の薄緑
プチプチ転がり出る
不格好なのも混じる
私が育てた青の真珠に
ほくそえむ

市原恵子

山の麓まで
黄色の海となり
響く　コンバイン
麦を
喰《く》らって進む

天河童

この戦いは
静かだった
アゲハの羽が
一枚散る
青葉の葉陰

倉本美穂子

夏の庭に
ピンクの百日紅
すこしの風で
上下にゆれて
手毬をついているような

志村礼子

葉の中に
別の葉陰が
ゆれている
日差しが画く
葉の中の絵

中島さなぎ

あお、みずいろ、うすみどり、
夏日の四条大橋
行き交う人の
まとう衣
打ち水のよう

真夏日の鋪道
歩いてる
わたしは
何かの
影ではないのか

鮫島龍三郎

アスファルトに
焼き付けられた影を
剥がし剥がし歩く
容赦ない炎天
容赦ないこの夏

三隅美奈子

台風一過の
日差しの強烈
葉の裏に
てんとう虫を
くっきり写して

福田雅子

酷暑の正午過ぎ
家の影もなく
歩道を歩く
唯一電線の
二本の影をたよりに

前川みち子

沸騰した
やかんの
熱湯は
今年の猛暑に
気がつくのだろうか

山崎　光

瞬きのたび
カンナが
燃えるから
いっそ目蓋を
閉じてしまおう

間中淳子

ぎっしり
ぶら下がる
楓のプロペラ
木も丸ごと
飛び立ちそう

福田雅子

夕焼けに向かって
滝雲が流れ落ちる
穂高岳山荘は
やがて
雲海に沈む

朱　夏

柳瀬丈《たけ》子《こ》

蝉しぐれ
法師蝉と蜩も加わって
季節の軸が
かすかに
廻り始めた

巻四

秋

柳沢由美子

かつて土だった木と
木だった土が
交信しているような
落葉さかんな
日

庄田雄二

小さな
モミジ
集まって
山を
燃やす

岩佐和子

赤とんぼ
ホバリングして
秋の
始発の
風にのる

南澤咲子

洗面台の
ガラスの瓶に
コスモスを一本挿す
ちょっと
美人になった気分

秋立つ風に
友手作りの
ひざ掛け毛布
お陽さま抱く
暖かさ

柳澤茂実

香りと
香りを
結んで小径が続く
金木犀
銀木犀

西垣一川《いっせん》

苔と紅葉
苔と黄葉
苔のスポンジ紅葉のトッピング
だんだん階段の
オータム・ケーキ

井椎しづく

右手の一切れを
しゃぐ
左手のをしゃぐしゃぐ
めいっぱい頬ばって
梨の秋

芳川未朋《みほう》

市原恵子

土手から白鷺一羽
じ〜と田んぼを見てる
広がる稲田
刈取機の音ひびき
平野は秋まっただなか

草壁焔太

歩くズボンの
風に乗って
どこまでもついてくる
青い
シジミ蝶

庄田雄二

きっかけは
風だった
ペアで
踊る
蝶と枯葉

野村久子

花ビラを
一ツ一ツ零しては
花盛りに向かう
萩の花の
不思議さ

葉　翠

園庭の桜の葉
秋の小人を
乗せながら
運動会を
眺めている

村松清美

秋の山は
黄色　赤　赤　朱
錆茶　黄色　茶色
緑　緑　緑
ぽっと白樺の白

石井　明

秋の日射し
眩しさなく
黄斑変性症の
歪みない心地で
紅葉に見入る

須賀知子

傾いた石門の
奥の
墓所に
茫茫たる草
赤蜻蛉の群れ

庄田雄二

明日の
我が身を
思ったのか
蝶が
枯葉に寄りそう

志村礼子

窓を開ければ
空気が
あまい
深まる秋は
タイヤキ屋さんから

桜沢恭平

あれは
杉かしら？
いや
中国原産のメタセコイアだよ
のどかな夫婦の会話　秋

巻五

冬

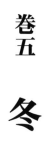

ひんやりとした朝
石蕗の花に
陽が射し
古刹の庭は
金色のお花畠

八木大慈

こたつで
みかんむく
南の地方で
とれた香りに
手は洗わずに

高橋昌子《よし》

年末ジャンボ大外れ
元朝参りで
まさかの大当たり
NHKテレビでの
顔面大写しデビューとは！

渡部明美

元旦の
空を仰いで
柏手を搏つ
青い谺が
還ってくる

柳瀬丈子《たけこ》

三隅美奈子

はじめて花を愛でたヒトを
はじめて花を贈ったヒトを
はじめて花を飾ったヒトを
想ってみる
なかなか布団の温まらない夜

雅《が》流《る》慕《ぼ》

凍河が
脈打って
軋み始めた
目覚めの季の
猛々しさだ

倉本妙子

浴槽が
見えないほどの
湯気漂わす
大寒の
雪の夜

福田雅子

木曽馬の鼻息が
吹き出た形で
一瞬凍る
牧場は雪
人の動きも固い朝

稲田準子

豆が轢かれて
花火の貼絵と化す道路
節分の翌朝は
山下清の
世界にも似て

山崎　光（高二）

手ぶくろを
つきぬける風
足先まで伝わり
やる気のフリーズドライ
出来上がり

屋代陽子

貸し切り状態の
レイトショー
見終わった後
雪の中
ほっこり帰る

高望《たかのぞみ》正夢《まさゆめ》

この地吹雪は
もう雪女の
太ももあたりか
車ごと
蛇行する

志村礼子

〝ゆ〟の
のれんに
ほっとする
靴音つめたい
夜の道

山碧木《やまあおき》 星《ほし》

三月
雪山は
氵《さんずい》で語りはじめる
梢の上から
雪の下から

山崎 光

陶器
のような
冷気
顔一面に
広がる

蘭 洋子

白鳥の
ぽっ
と
ふくらんだ頬に
風花

村松清美

ぽん　ぽん
ぽぽ　ぽんぽん
柚子が黄色い光を
はずませて
青空と遊んでいる

ざしきわらし

しんしんしん
無音の
空気に
起こされる
冬が来た

雅《が》流《る》慕《ぼ》

真夜中の
無言の囁きは
恐ろしい
柩の中まで
雪が降る

志村礼子

初めてのカイロ
眞赤な服を
着たような
日だまりを連れてるような——
ポッカポカ

凍てつく日 空の青は
雪の上に
散歩中の
犬の影さえ
青く刻む

萌　子

椿、山茶花
赤いボタンを
付けていく
大きなおおきな
冬の服

山本淑子

岩手路の麓は
紅色から
茶色に変わる
木枯らし吹けば
一瞬の丸裸

ＴＯＭＩＳＡＮ

冬眠する生きものの
寝息や
いびきで
賑やかだろう
冬の地中は

酒井映子

善《う》知《と》鳥《う》

「さみいしくなるから
好きでない」と
叔母の言う
遥かに佐渡の
冬の海

神部和子

雪かきの後の
お風呂は
気持ちよさそう
蕩けるような
顔

南　カヲリ

「オッ　これはいいね〜」
「中まで味が染み込んでる〜」
「柔らかくて　旨い〜」
戴いた冬大根で
おでん鍋を囲む

仁田澄子

拾った
花梨の実
台所の片隅に
お日さまの
分身

柳瀬丈《たけ》子《こ》

ありったけの
光集めて
ここに咲く
冬の菫の
紫の冴え

葉　翠

さらさらと
降る
都会の雪は
ひとりしずかに
アスファルトになる

巻六

恋

髙樹郷《さと》子《こ》

天空の小さな雲間から
ひとすじの光
まっすぐ
あなたに
逢いたい私だ

紫野　恵

髷を崩し
指を入れる
もてあます
思慕のごとくに
黒髪たゆとう

おお瑠璃

優しい
柔らかな気に
包まれて
地球にあなたしか
いないよう

村松清美

想いが募らないように
恋にならないように
だから
会いたい
会いたい

永井純子

「俺でいいの？」と
言う君よ
俺でなくては
ならない
私だ

稲本　英《あや》

真昼間
脱け出して
交じりあう秘密
こんな声
わたし、しらない

仲山　萌

闇の中
一筋の雌しべとなり
手探りで
あなたに摘み取られてゆく
sensitive

紫野　恵

いたしませんか
今宵
私と
厭くほどに
明日は独りのエトランゼ

じゅんこ

甘い蜜
滴り落ちる
桃のようだね
在りし日の乳房を抱いた
君の言葉が遠い

夕月

君
人のどの欲望にも勝る
心を射抜くような
歌を
ください

じゅんこ

我が躯《にく》を
燃やし尽くして
あなたの
篝火と
なりたい

小河原芙美

恋、と聞くと
名前を呼ばれたように
反応しちゃう
私は
夫に恋をしている

仲山　萌

潜っても潜っても
なお深く
登っても登っても
なお高い
恋とは「志」

岡　たみこ

結婚38年
少しも変わらず
恋しい私は
変？馬鹿なの？
あなたの気持ちは？

仲山　萌

一線を
越えたのだ
身体よりも
先に
心が

白《さ》夜《や》

元彼との
キスは
奈落の底に
堕ちるような
夢心地

フルートを
奏でるような
くちびるで
触れた
初めてのキス

美伊奈栖《びいなす》

じんわり
泣きながら
あなたを抱きしめた
あなたに会えた奇跡に
射たれて

素《もと》音《ね》

指のサイズは
10.5
五十三歳の
夏のはじめに
知ったこと

山本裕香

君を想う時
きっと私は
美しい
互いに
尊い人であった日々

久保玲子

ふと腰を抱いたとき
腕に
感触がなかった
天女の
衣のよう

草壁焰太

はじめて会って
買ってくれた
琥珀が
胸でゆれる
きゅんきゅん

川岸　恵

あんたを
きゅう　と
絞れば
蕩《とろ》けたあたしが
滴るか

小沢　史

あなたが
疲れた時に
見上げる窓の
月の光りに
なりたい

青木マリ

見つめあう時間は
ながいみじかいよりも
その深度
一瞬で
深海までゆける

水源《みなもと》　純

恋が
愛に変わるのなら
そんな恋は　いらない
私らしい恋は
いつだって　恋

仲山　萌

鳴りやまぬ
鈴
となって
その
掌へ

小沢　史

人さし指
中指
薬指
念入りにしゃぶられて
捩じ花の恍惚

紫野　恵

私よりも私を
知っているように
包《くる》む
私の何も
知らないままで

水源《みなもと》　純

互いの
隙間さえ
もどかしい
肌を脱ぐ
躯を脱ぐ

小沢　史

百の言葉で
口説かれて
いつしか
言葉は
邪魔になる

いそのかおり

河川敷
勇気を出して
もたれた彼に
ステキな言い訳
「ススキのまね！」

亜　門

倉本美穂子

着物姿になった
生徒たちがはしゃぐ中
可愛らしいね　と男子
ありがとうございます　と女子
あっ　小さな恋が育まれている

山崎　光（高二）

桜吹雪に
なるまで
気づかなかったな
キミとの日々の
美しさに

永井純子

もしかして
あなたは
案外器用なのかも
だって私を
捕まえたから

南野薔子《しょうこ》

かなうなら
君という存在のほとりに
そっとひろげたい
世界でいちばん
優しい場所

草壁焰太

ふと
目の前に
落ちてきたように
その人が
いた

仲山　萌

恋なんて　不安定なもの
だった筈
では
柔らかくてとろけそうな
この感覚は　何だ

おお瑠璃

大切にされてきたの
あなたに会えて
良かったと
言ってもらえたの
ねぇかあさん

三葉かなえ

首筋に
浮かび上がる川
せき止める
淡い
くちびる

仲山　萌

プラトニックｓｅｘ
あなたの心に
私の記憶《からだ》を
刻印する
…Ｊｙｕ…

かんな

鳴かぬ　ホタルが
身を焦がす
そんな
一途な
恋もあった

甘《かん》　雨《う》

対等は
のぞまない
凍てつくほどの
崇拝を
させて

小沢　史

うろこ
みんな
はがして
あなただけの
もの

あんこが好きな
あんたの
あん餅の
あん
になりたい

中島さなぎ

目をそらして
あなたを
見つめている
聞こえてしまいそうなほど
饒舌な鼓動

綺羅涼雅《りょうが》

霧雨の港から
木霊する船の汽笛に
傘の中で
濡れそぼつ胸が
共鳴する

岩佐和子

なぞられたい
輪郭があって
宙から
切り出された
わたしだ

甘《かん》　雨《う》

山本裕香

裕香さん！
早く！早く！
虹を見せたいと
思ってくれる
人がいる

夕月

コトコトと
小回りの効く私の車で
今日は
川べりの道を
走りに行かない？

倉本美穂子

片想いだけど
幸せな恋も
あるんだよ
あの人の笑顔を見てるだけで
うれしくなる

仲山　萌

恥ずかしい
って
気持ちいい
に
似てる

素《もと》　音《ね》

からだも
こころも欲しいだなんて
アラフィフのわたし
若いあなたに求めている
真っ直ぐに求めている

かおる

溺れたいのは
広い胸ではなく
無防備な背中
意識の届かない
君の海

仲山　萌

惚れてしまったのだ
あいつの
強がる女をこそ
守り抜こうという男気
鋼の盾だ

紫野　恵

水晶玉も
タロットカードも
嘘臭い
欲望は
夜ごと湧き出ずる

松田義信

も〜
好か〜ん
と
すねた顔が
すいと〜と

愛　子

主治医さまと
歳を重ねて一七年
乳房触診の手に
優しさを
感じて

かおる

自然解凍の
ゆるやかさで
待ってて欲しい
私に
愛を教えるなら

井村江里

27歳・男性
44歳・女性
並べると
何かと
絶望的

井椎しづく

君は
「あの子が好きみたい」
って言った
「そっかぁ」と返す
わたしは君がすき

姫小菊

信じて
一途に
歩いた
この道にも
別れ道があった

鮠《はや》人《と》

何かが
身体の内側から
突きあげ、苦しかった、
それが青春
そして恋だった

南野薔子《しょうこ》

春近い宵
水色の三日月
そっと手をつないだ
少年と少女は

（未完）

刺さりも
射抜きもしない
恋の矢は
嬉しそうに
空へと向かう

井村江里

「パリなら2回」
「プロヴァンスなら3回」
頬を寄せたbisous
あわいに唇を喰み
帰り道は果てしなく

石川由宇

電話も
ラインも
ぶっ飛ぶ
逢えた
瞬間に

ともひめ

彫り物の
蝶が
疼く
蚊帳の
裡

紫野　恵

小沢　史

飼い鳥に
見られて
しまう
咲く
ところ

ともひめ

インストラクターの
あまりに立派な胸板に
思わず触ってしまってから知る
息子の同級生だった
と

芳川末朋《みほう》

好きだった人の
思い出に
私は居るでしょうか
でも
あのコトは忘れていてほしい

和佳子

恋は
交通事故だと
聞いた
だとしたら　あたしは
ひき逃げされた状態？

おとなしく
ついていけばいい
頭でわかっていても
それじゃつまらない　と
心がつぶやく

井村江里

世間の噂になった
老人の恋
ほっといて下され
余生を生き抜く
我々は真剣ぞ！

木花正純

じじいの恋は狂気で
がきの恋は純愛か
愛して
狂って
野垂れ死でも本望

北風　徹

昔　私をフッた男が
会いたいと言ってるらしい
鏡の中で目が踊る
「今さら」か
「今から」か

伊東柚月

芳川未朋《みほう》

おかあさんは
37番ね、ロッカーとか
よく見ている娘よ
それが初恋の人の
出席番号とは知るまい

小沢　史

虹色の
糸
吐ける
まで
穢《けが》されて

一　歳

私の
アントロポロギー・ノート
では
原罪は
冤罪である

よしだ野々

暮れの
大掃除のように
十二月に
俺を捨てる
女

村岡　遊

寝台列車「銀河」で
まんじりともせず
東京駅ホームの
男の胸に飛び込んだ
春があった

安川美絵子

キスにも
個性
綱渡りのように
落ち着かない
しあわせ

小原《おはら》淳子《あつこ》

「針金のような脚」
抱き上げて言う先生に
ばたばたと抗いながら
実は
幼い恋をしていたのだ

津田京子

青年に逢う
純白のセーターで
ハンカチも真っ白
口紅は淡く
青年に逢う

松山佐代子

いくついくつも
夕焼空を
手繰り寄せてみて下さい
たしかにあの日
指切りげんまんしましたよね

おお瑠璃

窓を震わす
暴風雨
まさか来てとか言えなくて
何してた
の文字を送る

山崎　光

今日と
あの日が
重なりあって
あなたとの日々が
折り目に沈んでしまう

南野薔子《しょうこ》

時にふと
指がおもいだす
あのひとの弾く
ピアノの譜を
繰っていた日々

井椎しづく

あなたが呼ぶ
「君」が
別の人に変わって
もう
魔法が溶けちゃったみたい

巻七

愛

永田和美《なごみ》

こんなにも
愛されている
そう思った
一瞬を
一生の時間にする

蘭　洋子

一心に
道具を研ぐ
手
に
愛されている

中野忠彦

嫁をしたことが
な～いの
妻が言っている
もぞもぞっと
嬉しさがくる

右田邦子

夫の遺品に
触るだけで
味わったことのない
何か？何んだろう
呼吸が止りそう

馬《ま》　一呵《いっか》

「あれ〝みお〟っていうのね」
伊豆の海を眺望しながら
亡妻《つま》が言った
あれから何年
澪はまだ途切れない

金子哲夫

妻を亡くした
悲しみは
もう超えようと
思うとき
悲しみが噴き上げてくる

済木庸人

特養入所の老妻
七夕の短冊に
「夫が元気で
いますように」と
慈愛の願い

蘭　洋子

月が
きれいだと
誘う夫
抱かれれば
宙

ほんものの愛を
見たひとは
狂気も
正気も
同じと言うだろう

永田和美《なごみ》

岩場の
窖《あなぐら》から出てきた
エゾナキウサギに
いいとこに住んでるわね～
と話しかける妻

村田新平

ずっと一人ぼっちだった
君と出会ってから
一度とて
さみしく思ったことはない
妻よ

鮫島龍三郎

今はもう
遠くから　見交わすだけで
満ち足りて――
私たちの
芳醇のかたち

宇佐美友見

十詩子

あなたのまなざしで
やさしいが
つたわってくる
心と体が
ふわっとまあるくなる

かずみ

愛された
証《あかし》は
瘡蓋のように
痒くて
剥がしたくなる

永田和美《なごみ》

ひとの後ろに
見えてくる
深い景色に
魅せられるとき
もう愛が生まれている

金子哲夫

亡妻が
帰り道を
教えてくれたよう
流れ星一つ
北へ流れる

渡部道子

頭部の欠けている
子抱き土偶の
腕の太いこと
愛に満ちた眼差しが
見えた

高原《こうげん》郁子《かぐわし》

言わずとも
人を
愛すれば
自ずと人から
愛される

岡田幸子

心ざわめき
泡立ちくる
波濤の中に
あなたの声だけが
聞こえてる

屋代陽子

「早く来いよ」と
電話で言う
だんなの声は
それだけで
うれしそう

蘭　洋子

『一生
洋ちゃんのために
大根をおろすから』
豚バラ鍋に
愛のどか雪

玉井チヨ子

一糸まとわず
モデルとなり
無言館で
愛する人を
今も待っている

山下結子

「家族ってなんやろか」
・・・
「愛とちがうかなー」
「落ち着くもんなぁ」
中学生の下校

巻八

母

ゆりね

お母さん
わたしの
いちばんのものを
全部あげる
それはお母さん――

蘭　洋子

体を洗ってあげると
わたしの背中を
洗おうとする
母さん
泣いちゃうよわたし

とりす

夏の盛り
豪快な母は
畑で喉が渇くと
西瓜を膝で割り
子らに分け与えた

秋川果南

ハハガシンダ
ハハガシンダ
つぶやくだけ
母親は
死なない生きもの

生稲みどり

私が昼寝をすると
喜ぶ母だった
柩の中から
インフルエンザ・ウイルスを
私にくっつけて逝った

小田みづよ

毛糸巻きも
ふとんの替えも
手伝った
女の子の遊びのようだった
母との時間

金沢詩乃

人生の身仕舞の
知らせ
生活保護を
受けることにしたと
母からの便り

桑野　量

崩れそうな
こころを
抱きしめてくれていたのは、
いつもあなたでした
おかあさん

園児の描く
母親の
大きな笑顔の絵
題名は
「ボクのうれしいとき」

島田正美

ゴミ収集車に
あいさつさせた
お母さん
この子はきっと
立派になるだろう

庄田雄二

母を抱けば
カラカラとした
空蝉の軽さ
この体が
私を育てた

詩流久《しるく》

亡姑を誉めると
照れもせず
輪をかけて
褒める夫
天国に届けたい

右田邦子

小山白水

おだやかな
母の寝顔に
ほっとする
百まで
もう少しだよ

中島さなぎ

甲板から
見下ろす港
母が
やけに小さかった
旅立ちの日

町田道子

手を握ると
ぎゅっと
握り返してくる
今日は眠い日なの
ごめんねって　おだやかに母

良《よし》　元《はじめ》

麻央さんのニュースを
涙で見る
母も三十四歳で逝った
こんなに若かったのだ
母さん　さぞ無念だったでしょう

詩流久《しるく》

藤村の「椰子の実」
一緒に歌ったら
トラック島生まれの母は
ほろほろと
泣き始めた

寺本由美子

自信喪失するたびに
救ってくれたのは
母がかけてくれた
魔法の言葉
「お前は自慢の娘だよ」

扇

あなたから貰った
この手で
あなたを抱きしめる
唯々　いとおしい
百寿を迎える母は健やか

ろごす

息子に
怒鳴られた母は
野良猫のように
目を
そらす

とりす

夕暮れ時
徘徊の母を探す
法師蝉が
哀しそうに
鳴いていた

三好叙子《のぶこ》

かすかに
首をおとして
こときれていた
母
私にうなづくように

上田静子

呆けても
お腹の痛みに
ややが産まれる！！と
叫ぶ
母と云う性《さが》

扇

親子六人の引き揚げ
舞鶴港までたどりつけず
三人の愛子《いとしご》は散った
義母の慟哭は
天に召されるまで続いた

亡母《はは》を
追い越し
振り返れば
見知らぬ老婆《ひと》
今日の散歩道で

眞　デレラ

枕もとでおどけると
いつも喜んで
笑ってくれた母が
その日は泣いていた
まもなく母は逝った

良《よし》　元《はじめ》

母ちゃんに
また叩かれるかと
頭をかばう
母ちゃん死んで
もう居ないのに

都築直美

私が誰だか
わからぬ母に
初枝さんの子やでえ
言うたら
よう笑うた

大仲哲代

本当の父母じゃないと
知って育ったから
甘えはしなかった
でも　養母は
いつも母　だった

江崎冬華

籐の揺りかご
ゆらす手に
甘やかな乳のにおい
あの日の母を
抱きしめたい

藤内明子

母が窮地に呼ぶ
父　妹　兄弟
の名前
10年呼ばれない
私の名前

秋葉　澪

諍いという
場面を
知らずに育った
それだけで
母を尊敬する

柳沢由美子

中込加代子

動く聖画だ
いつ、どこで
何度見ても
赤ちゃんをあやす
母の姿は

ほりかわみほ

入れ歯を外した
母の寝顔が可愛くて
今日一日の
わがまま全部
忘れてしまう

横谷恵子

白桃の
滴り
母は
風を
抱く

田　螺

十日も
水だけの生活に
手も顔も
ふわふわと柔らかい
九十七歳のお袋

中島さなぎ

美空ひばりの
ヒットメドレーを
スルーとは
もはや
ここにはいない母

もろこしみきこ

九十二歳の母
三ヶ月半の犬
見つめ合って
ビスケットを
分け合っている

西條詩珠

褥瘡の膿を口で吸い出す
元ナイチンゲールの
介護録を
中学生の私に
丁寧に話した母

ひまわり

朝食を済ませば
横になり
整骨院から戻れば
玄関先で寝てしまう
母はねこである

江﨑冬華

「徳を積む」という
死語を
なつかしむ
亡き母の
生き方に重ねて

巻九

父

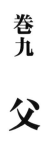

リプル

今は統合失調症
昔は精神分裂症
鉄格子の窓と鍵
優しい父だった
優しい父だった

風《ふう》子《し》

鉋の削りくずの山に
ダイブした幼い頃の匂い
箪笥職人だった
若い親父の身体は
木屑にまみれていた

鳴川裕将

父とは
死をもって
断絶したが
常識の外で
話してもいいのよと聞こえる

高原郁子《こうげんかぐわし》

父は花になったのか
鳥になったのか
風になったのか
何を言う
我になったのだ

神還る
父は
かたちをはなれ
さらに大きな
ふるさとの空

工藤真弓

小さな島へ
小さな船に
のってゆく
父さんは
なにを捨てたんだろう

蘭　洋子

私を
叱ったことのない
父を
叱って
空気の薄い日

詩《し》流《る》久《く》

「節子よ！影のように
薄れていくことが
寂しく悲しい」
遺された日記に
繰り返される言葉

安部節子

悠木すみれ

私の好きな
チューリップを
たくさん植えたと言う父
花の時期には
来いってことだね

大友誠三

ふと思い出す
しろかきの馬の鼻どり
泥のつっぱね顔じゅうに
父と子で
指差し合って笑ったこと

雪乃舞

花なんて
買ってきたことがない
最も似合わない父が
溢れんばかりの花と
棺に埋まっている

小原淳子《おはらあつこ》

一晩中
風の音止まず
寒さが
しんしん這いまわっている
父の住む家

旋盤工だった父の
自作の結婚指輪が
小さな箱に入って
鏡台の引き出しに
二つあった

大村勝之

その懐に
抱かれた
記憶はなくて
父は
他人の顔をしていた

おお瑠璃

義父がむいた
栗がたくさん
入りすぎて
あふれるような
栗ご飯

屋代陽子

父のあだ名は
「残念十郎」
酔えば　残念残念と
泣いたという
「残念十郎」ここに眠る

鮫島龍三郎

崩れそうになる
心
浮かぶのは
父と母の
生きる姿

菅原弘助

陽が
射し込んで
親父よ
その光の裏に
いないのか

鳴川裕将

巻十

家族

前川三重子

病む身でも
丹精していた
庭木の手入れ
あの嫁《こ》が戻ってきたような
小ぶりの蜜柑が成った

浮　游

ねえねえ　じいちゃん
加齢臭てなあに
うん　カレーの匂だよ
義娘《むすめ》　娘　妻
仮面の微笑

森脇　一

お父さん
雄祐を内側にして
歩いて下さい
女房より厳しい
息子の嫁

秋川果南

0才と95才が
座っている
私を見ている
同じまなざしの
天使と菩薩

野村久子

障がい児の母はいつも
「○○ちゃんのお母さん」
と言われる
私には
名前がないかのように

よもぎ

泣きさけぶ子を
脇に抱え
初めての保育園
働くママの
目にもなみだ

紫桜光縫《しおうみぬい》

子から
夫への伝言は
「早く寝て！」
サンタが
プレゼントを置けるように

眞 デレラ

思考回路が同じらしい
二歳の孫と
おじいちゃん
都合の悪いことは
聞こえないふり

井戸喜美代

面会に行くのだろうか
無言の夫婦が
重い足取りで
精神病院への
坂道を往く

松倉敏子

四十歳になった娘
私はすでに
未亡人だった
娘はこれから
親になりたいと言う

三隅美奈子

花嫁花婿はあんな顔
花嫁の父はそんな顔
どんな顔すりゃいい　花婿の母
顔の中　目が泳ぐ　眉も泳ぐ
おまけに　鼻まで泳ぎだす

福井昭子

「ばぁちゃんちの
お茶美味しいね」
いい娘になったものだ
糸尻の
洗い方教える

ともひめ

嫁の実家に泊まった帰りに
我家に寄る二人
お土産置いて
滞在時間
10分

森脇　一

嫁すこともなく
白髪抜く
娘と
遺された吾
夢想だにしなかった現実

遊　子

母の日
浅間山の急斜面に
カモシカ母子
おにごっこしたり
かくれんぼしたり

工藤真弓

主人と息子と
三人で
神社の草取り
はいつくばって
青空まで

県予選一八八校の
選手名簿に孫の名前が
小さく載る
七○○○○○○○《ななおく》当たったような
バカ騒ぎ

良《よし》　元《はじめ》

祖母の介護に
訪れた孫娘
遊びに来たように
光と風をまとって
玄関の戸を開ける

小原淳子《おはらあつこ》

いくつになっても
子供のころの
匂い
いいな
姉妹って

よもぎ

長男の
「お母さんほんまによう頑張ったなぁ」
の言葉は
今までの苦労の塊を溶かし
さらさらの純水に変えた

小林栄子

倉本美穂子

勝った！ の言葉で仏間に行くと
長男と三男が泣いていた
次男はニコニコしていた
夫がいたら　手が痛くなるくらい
ハイタッチしただろう

三友伸子

白塗りの写真
一番見せたいのは
母
そして父とおばあちゃん
みんな黄泉の国

宮澤慶子

冷たい手やなー
包んでくれた娘の掌
朦朧とした全身に
温ったかな
血がめぐっていく

中山まさこ

息子が帰ってきた
猫は興奮して
ジャンプしながらつきまとう
私の気持ちが
感染っている

母が逝き
父が逝き
思い出箱になった
家の
だだっ広さ

安部節子

おばあちゃん101歳の誕生日祝に
息子は出版ホヤホヤの
初著書を贈る
「学術書で読めないと思いますが
重さを感じて下さい！」と

藤本肇《もと》子

母子家庭の子
漢字の練習
〝父〟という字に
「この字おれには関係ない」と、
笑ってしまったがズシンと応える

三友伸子

大声で泣いた
自分の声で
目が覚めた
息子に
怒鳴られた夜

渡部淳子

守屋千恵子

五人の子連れの
若夫婦
思わず呼び止めて
小遣いを渡したくなった
ああ……孫が欲しいよう

風野　凛

安堵しつつ
きゅうっと寂しさも
お茶づけを
その夜は食べる
花嫁の父と母

黒乃響子

「家を出たら？」
と勧めながら
遠くの志望校と
聞いて
さみしさ迫る

芳川未朋《みほう》

粉茶だろうが
ココアだろうが
箸でかき混ぜる
私の血をひく娘
縁遠し

本当の姿は
もっといい
親はいつも
子の行く末を
信じている

山田瑛子

28年間育てた中で
一番娘が誇らしく思えたのは
親が納得しなくても
好きな人と一緒になると
宣言した日

村松清美

孫が
可愛い彼女を
連れて来た
家中てんやわんやの
大騒ぎ

矢崎きよ美

別に男が
って訳じゃないが
九十二年ぶりの
男児誕生である
声だって裏返る

兼子利英子

予定日前日に
突きつけられた
離婚届
孫を包む羊水は
ママの涙の海

福田雅子

久しぶりに
ゆっくり入ったわ
子育て中の娘
石鹸の残り香と
上気した顔と

宮澤慶子

一番成りの西瓜を
孫達がぐるり
頭寄せ
見つめる
いざ!!入刀

善《う》知《と》鳥《う》

どうやって
ここまで来れたのか
四人の息子が
好みの酒を呑み交わし
笑っている

草野 香

「お見合いに
白い馬で来たんよ」
義母は嬉しそうに笑う
「農耕馬やぞ」
義父がオチを付ける

風野　凛

嫁と婿は
「美味しい」
夫と子どもは
む・ご・ん
食卓の血縁関係之図

葉　翠

誕生祝いの
千日紅
飾って帰る嫁《こ》の
後を追いたい
心と身体

柳澤茂実

下宿して初めて知る
親のありがたさを
ヘタな文字で綴った
手紙に泣けた
誕生日プレゼント

佐藤照子

旅の終着地には
緋色の紅葉
耶馬溪で生きた
祖母九十七歳
大往生

稲本　英《あや》

足音でわかる
家族の絆
待ち遠しく
耳をすませる
施設の個室

柳澤茂実

三日坊主でも
三回やれば
九日になる
と慰めてくれた
妹に大笑い

我雅真摩

息子たちに
流れる優しさの
源は
静かに見守って来た
夫であろう

草野　香

工藤真弓

お母さんは
お父さんの
どういうところが好き？って
けんかしてる時に
子が聞いてくる

塩崎淑子

施設で暮らす
兄に会いに行く
深い海のような目が
きらっと輝やく一刻
お互い　胸キュンだね

志　暁

子の夢を
一緒に
見たいと
思う
親の夢

山田瑛子

今してもらっている事を
やがて我が子に
してやりたいと娘
母の日の
賛辞と聞く

山碧木《やまあおき》　星《ほし》

伯母　美弥子九十五歳
叔母　真知子八十三歳
寄り添って涙する
棺の母を
さすりながら

石川珉珉

白け家族に
四代目の
泣き声響き
ほんわか家族に
一発逆転

ひろせ芙美

〝ねえちゃん〟って
年齢《とし》の離れた弟の留守電
消去できなくて
そっと
又　聞く

冨樫千佳子

祖母の自慢は
省線の中で
褒められた
子供たちの
福耳

「こんな息子でも
不安なときは
頼ってください」
歯を食いしばっても
涙が溢れ出る

ひまわり

前世では
息子が親で
私が子だったのか
子を先立たせ
そのわけを探している

萩野千鶴子

深い寝息
それだけで
ほっとする
部屋の前で
聞き耳を立てている

伊東柚月

暑さと闘いながら
迎えた百歳誕生日
子らに囲まれ
祝いの膳
感無量

宮治孚美子

草野　香

「パパみたいに
美味しいパンを作って
たくさんの人に
喜んでもらえる
パン屋さんになりたいです」
100点満点の卒園式

大森晶子

「ホラッ、手切金！」
バンっと札束叩きつけたら
スッキリするのか
この親子の
因縁

川崎敬子

認知症の母の
下の始末しながら
精神病の姉《わたし》を
励ましてくれる妹は
凄い

ひまわり

九九パーセントの
努力はできるけど
俺には
一パーセント才能がないと
息子が嘆いた日

大本あゆみ

義父との雑談で
「綾子」と言ったり
「綾子さん」と言い直したり
嫁の実家は婿にとって
肩身が狭い

市原恵子

歌集めくると
「息子」の字に
目が留る
逝って25年も
たつのに

詩《うた》　子《こ》

結婚五年目で
母を亡くした息子の嫁
「本当のおかあさんに
なってください」
と手紙くれる

石川珉珉

強くなれとは
言えない
弟が
伏し目がちに
強がって見せる

黒乃響子

「年末は帰ってくるの？」
と母からの電話
「年末は帰ってくるの？」
と息子へかける電話
帰る場所があるということ

北　邦子

「今の子は!!」と
何と高一の姉が言う
「今の子に言われたくないね」と
返す　小四の妹
私は負けまいと暮している

木村　苺

あなたが
春の花と
名付けた孫は
たくさんの蕾を抱えて
嫁いで行きます

高樹郷子《さとこ》

母の日の
花のプレゼント
息子と娘
一週間ずらして
贈ってくれる

倉本妙子

浩行　泰志　晃成
楓伽　愛弓　悠花　愛理
こんなに違う子と孫の
名前なのに
混線する

紗みどり

真の
団らんのない
家に
三つの
個

大本あゆみ

嗜好の違いで
息子の為に
ご飯を炊きながら
夫の為にうどんを茹でる
夫が二人いるよう

渡邊伸子

「育てたという気がしない」
と言ったけど
夫のこの
深い愛情は
まぎれもなく姑《はは》そのもの

工藤真弓

目がよく見えないはずの
おばあちゃん
いつまでも
手を
ふっている

柳澤茂実

いく度
読み返しても
新鮮な内容
嫁の手紙は
私を成長させる

よもぎ

息子の再婚相手と
顔合わせ
おっット　ト…
危ない　危ない
呼び名にご用心

巻十一

幼子・少年少女

はつえ

忘れて帰った
真っ赤な
ジャンパー
小さくってかわいくって
干《ほ》しても眺めてる

兼子利英子

自分の
はっくしょん　に
全身でたまげる
赤ん坊は
すべてが驚き

よしだあやの

0歳児を抱っこして
ねんねこ、ねんねこ
ちっちゃい富士山みたいな
おくちから
すうすうすうう、とこぼれる寝息

大久保千代子

テメエー、コノヤロウ
ざっけっんな：：：
みちるくん　四才は
ギャングエイヂの
真っ最中

島田式子

「ボクは大人になったら
サンタクロースになって
みーんなに
プレゼントを配るんだ」
五歳の笑顔ステキ

遊　子

「こんどはボクが
あそびにいってあげるからねー」
思いやりの心が芽生えた
五歳児くんは
私の星の王子様

良《よし》　元《はじめ》

「くせ毛が可愛いい〜」
女の子にもてる孫よ
家系を怨むな
どちらの家も
若ハゲの血統よ

種村悦子

人は誰も
あの短い足で踏み出してきた
ちょこ　ちょこ走りまわる
幼児は　みな
幸せそうに見える

水野美智子

サンタクロースの折り紙
教えてくれた孫
「さあ次は独りで折って下さい」
婆
たじたじ

村田新平

大きくなったら
何になる？
お決まりの質問に
「ユーチューバー」と孫
爺婆　きょとん

秋　桜

初孫
まだ
生れてもいないのに
何て呼ばれたい？ なんて
くすぐったい

兼子利英子

小さなお手々の
バイバイが
いつの間にか進化して
グッと結んだ
一文字の唇になる

世古口　健

いやッいやッ　という仕草が
かわいくて
ちょっかいを出す。
孫で遊ばないで　と
叱られながら

柴田朗子

公園のブランコは
空《から》のまま
揺れている
あの子は
帰ったのだ

佐々木トミエ

おさがりで
孫の茶碗を
使っている
「おばあちゃん
アンパンマン好きなの？」

柳沢由美子

つないだ手の
小ささに
ばあの胸は張り裂けそう
ゆりちゃん
一年生

紫かたばみ

買ったレゴには
見向きもせず
背中で用心しながら
飾ってあるプラモデル
分解中の三歳♂

金子哲夫

眠っている
赤ん坊の
一人笑いをめぐって
ひそひそ
ささやき合う

柳沢由美子

それだけで
胸を打つ
つみきを
つむ
手の丸さ

野田　凛

南側の空き地に
家が建って
暗くなると思ったら
赤ん坊の声って
太陽よりも明るいのね

谷　ゆり

私の洋服を撫でながら
孫たちが言う
「ふわぁふわぁ」
心も　いつも
柔らかくいたいなぁ

こすず

6歳の孫と公園で遊び
帰りはコンビニへ
「うーんパパとママがいない
一人はいいなあ」
リップサービスが凄い

永田和美《なごみ》

お母さんの広げたカサを
見上げている
抱っこの赤ちゃん
甘やかな二人の世界を
雨が包んでいる

風《ふう》子《し》

「きょう、のみかい？」と
一升瓶を抱えて
晴くんが言う
爺の晩酌は
ニコニコである

遊　子

してやれなかった
子の心に
花を挿すこと
孫に
してやる

野田　凜

さよならする時
翔くんは黙って
向こうにずんずん進んでく
あらん限りの表現よりも
バーバの胸をしめつける

ひまわり

負けても泣かなくなった
泣き虫愛ちゃんが
勝って泣いた
見ているだけの私も
おいおい泣いた

柳沢由美子

出産入院中の
ママを待つ
子は
殻のない卵のような
繊細

山宮孝順

野球中継のテレビの前で
「アウトってなあに？」
と男の子
「……」
言葉が見つからない私

甲斐原　梢

細身で奇麗な
お嫁さんのお腹から
君は少し早めに飛び出した
保育器に入り切れない
大きな産声で

永田和美《なごみ》

「魔法のえんぴつ」と
名付けただけで
もう
こどもは
魔法にかかってしまう

工藤真弓

坂を
一気にくだる
子という名前の
風の
一片

母親以外とは
一言も喋らない子
挨拶代わりに
みんなの靴を揃えてから
入室する

ひまわり

お顔の真ん中に
穴が二つ開いてるのがわかった
玲ちゃん
何度も
指で確かめてる

須賀知子

初孫は眉きりり
俺似じゃなくて
良かった
爺は
仁和加眉

荒木雄久輝

「坂道あるいてたなあ」と
園児のひとり
お話のおばさんじゃない時の
私を見つけたこと
宝物のように自慢する

野田　凜

水源《みなもと》　純

テストの手応えを尋ねると
「数学のときだけ
ボク、輝いてた！」
結果はともかく
その返答はマル

兼子利英子

ひとりの中で
ふたつの心臓が
リズムを合わせてる
十月《とつき》だけの
二重奏

ひまわり

近所の若い夫婦に
4人目の赤ちゃんが
高齢者の町に
一等星が
輝いた

大坂眞澄

小二の孫から
お年玉をもらった
「笑いが止まりま　千円」で
酉年の初笑いは
野口と共にワッハッハッハ

※野口英世

あぐ　あぐ
むにゅ　むにゅ
舐めまわしながら
赤ちゃんが知っていく
世界の玄妙

柳瀬丈子《たけこ》

孫が作った
雪だるま
肩にうさぎが乗っている
葉っぱの耳に
木の実の赤い目

大友誠三

ゲップもおならも
うんち息む姿も喜ばれ
今が人としてピークだよ
と、四か月の孫に
ささやく

ともひめ

ジャングルジムの幼子に
次の脚はここ　と
お節介したら
ぼくだって　がんばっているのだ!!
と　怒られた

今南道也《こんなんどうや》

ゆうゆう

エーン　エンエンエンと
こどもの嘘泣きには
美しい抑揚と尾ひれがつく
ほんとの時は
直線的だ

柳沢由美子

幼児を抱けば
忘れかけていた
わが身体の
存在感に
泣きそうになる

内間時子

目覚まし
時計を
抱いて寝る
ピカピカの
1年生

紫かたばみ

目と目が会ったら
ニッコリ笑うの
そしたらもう
友達だよ
新一年生に教えられました

孫と
逆転していく
時の流れ
無言で差し出す
手に掴まる

玉井チヨ子

キャッキャと
ソリ遊びしていた
孫が
「横手まるごと
持ち帰りたい」と言う

大坂眞澄

家に遊びにきた友に
支配顔を出す
一人っ子の9才児
帰るという友の背中に
ひしと抱きついている

瑠賀まさ

星になった
こども達は
迎え火も気付かず
遊びに夢中だろう
それでいいよ

紗みどり

まだ、うれし涙を
知らぬ子は
ママ
かなしいの？
と顔をのぞく

嵐　太

夢のなか
あの子はなんども死ぬ
慌てめざめても
結局
あの子は死んでいる

甘《かん》　雨《う》

感動すら
まだ知りもせず
赤ん坊は
笑う
無垢

兼子利英子

まだ
1センチにも満たない
命を授かった
その実感は
お腹のむかつきだけだけれど

加藤温子

ケーキ食べたい人
イチゴ食べたい人
ママに言われるたび
手を挙げる
二歳の誕生日

須賀知子

大泣きする
幼子《こ》を
抱きしめれば
ウェハースのような
たよりない肩

柳沢由美子

一人でいたら
ムスッと黙り込んでいるのに
仲間とつるめば
ゲラゲラと馬鹿笑いをする
少年達

大本あゆみ

倒れるように出た
一歩
歩いた！
今歩いたよね！
桐生の九秒台より一大事

ともひめ

風《ふう》　子《し》

「え〜ん」と泣くと
基《もー》ちゃんが
トコトコと寄ってきて
抱きしめてくれる
みんなで泣きマネをする

宇佐美友見

「ちわ〜っ」と
「どうも〜」だって
通じるんだから
英語も同じだよ
留学の背を押す

良《よし》　元《はじめ》

泣きべそで小走りだった子が
もう最上級生
ゆっくり引率していく姿
悔しさから
優しさを学んだようだ

倉本美穂子

十年前の私の写真を見て
「おばあちゃんだ　よくにてるもん」
と　のんちゃん
「でもね　お肌がちがう」と
ほのちゃん　ぴしゃり

島田正美

母親から
やさしく
諭され
幼子は
泣き直す

草野　香

『トドメの接吻《キス》』って
知ってる？
詰め寄るピンクのドレス女児
たじたじの孫5歳
ピアノの発表会の舞台裏

水源《みなもと》　純

「一軍のやつらがさぁ」と言う
で、きみたちは何軍？
「ワシらはその上。エリートや！」
ばか明るくて
母はキモチ助かります

山宮孝順

悪い子は海に捨てる！
とママ
どこの海へ？
と坊や
話が噛み合わない二人

倉本美穂子

体育会系男子校の
家庭科実習は
何を言っても
「ウィッス」と
太い返事が返ってくる

高原《こうげん》郁子《かぐわし》

娘が幼き頃
動物園で象を見る度
「エレファント！」
今や其の面影無し
私の英才教育は　いずこへ

水源《みなもと》カエデ（中三）

「1ページを見なさい」

「命令すんな！」

英語のリスニングCDに
怒鳴る。

15歳の反抗期

柳沢由美子

おばあさんが
川で洗濯をしていると
何が流れてきたんだっけ？
5歳たいちゃん
「みずー」

青《せい》　香《こう》

だめだよ　ぜったいだめ！
かわいそうだよ
標本の作り方を聞き
音声ガイドを外し怒る
小二のカブト虫飼育家

加藤温子

私の人差し指を
小さな手で握って
眠る次女《むすめ》が
かわいくってかわいくって
仕方がない

守谷美智代

夕日がつくった
長い影を
つかまえようと
「まて〜ぇまて〜ぇ」と
幼子の鬼ごっこ

ひまわり

一才でお姉ちゃんになった
隣の第四子は
我が家に来て
一人っ子ごっこを
楽しんでいる

力が力がうまく
コントロールできない
グッググッ
グアーーー
中二病再発

MOBU（中三）

現代っ子
一葉かな？
諭吉かな？
と
祝袋を透《すか》す

鬼ゆり

やぶからぼうに
「お母さん
おんぶしてやる」
はっほ、はっほ
部屋を一周

工藤真弓

やってみよう
と一人が言って
やろうやろう
と他がついていく
幼稚園児いいなあ

藤内明子

11センチの
青い靴
柔らかな踵をおさめて
ふわり
地球に着地

兼子利英子

4歳児
カタカナは
ひらがなより
ゆっくり読む
ウ　レ　シ　イ　ナ

柴田朗子

透き通るように
白い肌の
娘の
無垢な
瞳

中澤京華

いじめっ子を
にらみつける
授業参観で
ばあばができる
唯一のこと

藤　きみ子

今日は、足の小指を
十七回タンスの角に
ぶつけた
新技
タンスクラッシュ

MOBU（高一）

大人になる授業があった日
血が出るの怖いと泣く
ほのちゃん小学四年生
寝顔はまだ
園児のようなあどけなさで

倉本美穂子

娘は学生時代
数学嫌いだった
ノートの表紙には
「人生最後の数学」
と書かれていた

ひゅー

王子さま
って呼びかけたら
しばらく考え
立派なお顔になる
三歳児

秋川果南

野田　凛

わざわざ
目を細めて二重顎にする
孫の写真の決めポーズ
ばあばの良い顔を
マネてるんだって

村岡　遊

世界中の
赤ん坊の産声は
等しく「ラ」の音
トランプも
金委員長もだ

水源《みなもと》　純

肉、肉、デザートはいらない
さらに肉！
息子の友達は息子以上
ぞくぞくするほどの
肉食ぶり

紫桜光縫《しおうみぬい》

中学校の保護者会
「これから反抗期を迎え
難しくなりますが」
これからって
なら今までのは？

姫小菊

孫が言う
早くおばあちゃんになって
好きな所へ行き
遊んでくらしたい
まぁー　手本ですの

柳沢由美子

2歳いーちゃんが
「じぶんはじぶん！」
「わたし、あきらめない」
などとのたまう
越えられたか　我

須賀知子

「おかあさんじゃないの
おばあちゃんとなんだよぉー」
ウヒョヒョヒョヒョヒョー
いざ、手をつないで参りましょう
三歳のいとしの君

ひまわり

「連立方程式
私まだでけへんのに
月謝とったら詐欺やん！」
数学が苦手でも
この子には生きる力がある

村岡　遊

両親に
前後をガードされて
孫は
どらやきのあんこみたい
にっと笑った

大本あゆみ

私の顔をじっと見て
「ウー」と孫が言う
「ウー」と返事をする
仙人と話しているような
冬日和

鳴川裕将

おなかの
赤ちゃんの心音が
とっ、とっ、とっ、とっ、
走っているようだ
この子に追いつけるだろうか

原田理絵

電車の中
塾のドリルを
泣きながら解く小学生
事情は分からないけれど
胸に迫るものがある

バイバイが
出来たと
一芸を
披露させたい孫
ひ孫身動き一つしない

矢崎きよ美

電話口
ベビーの泣き声
会いたい
子宮がうずくような
忘れていた母性

藤　きみ子

孫が
女の子になった
と　娘からライン
娘の時と同じ様に
赤飯を炊く

鬼　ゆり

イヴのプレゼント
何欲しい？
即座に
自由!!　と12オ
…う〜む

よもぎ

善《う》知《と》鳥《う》

「生まれて来なければよかった」
なんて言う
8才児
あなたは
太宰治ですか

工藤真弓

学校がなくて家にいる
目が合うたびに
笑ってくれる
親のような
子

福《ふ》家《け》貴《き》美《み》

会う度に
背くらべする
孫
「ばーばも少し伸びたね」
やさしさの極致

詩《し》流《る》久《く》

新しいかばん
空っぽのまま
背負って
今朝も「いってきまーす」と
一年生になる練習する児

安藤みつ子

「ドントスピークジャパニーズ なんて
いいやがってよ」 と
幼い時インターナショナル幼稚園で
まごまごさせられた中学生の孫
英語だけは八千人中一番！　バンザーイ！

柳沢由美子

何度読んでも
おなじところで
ばあを見上げて
笑う
幸せな三歳とばあ

小谷要岳

ワタチ
大きくなっても
じいじと一緒に
お風呂に入るよ
思わず頬ずり

はるゑ

武器で
殺すばっかり
だからゲームはきらい！
よくぞ言った7歳孫
そうだよね　そうだよね

北　邦子

「大きくなったら
何になりたいの？」と問えば
「ママが決めるの」と
淡々とこのちゃんは
とんでもない答をくれた

ひろせ芙美

憎しみ　を
生きてく支え　と
決めてた　あの頃
まだ
15歳だった…

果《か》林《りん》子《こ》

すぐりがすっぱくて
おもいっきり
口をすぼめたら
なににみえたのか
全身で笑う幼子

加藤温子

「おねえちゃんにおこられた」
そう言って泣く子
まだ「いじめられた」
という言葉を知らない
ずっと知らないままでいてね

MOBU（高一）

あれ？
おかしいな〜
なんかきぶんが
悪い
皆んなが逆に見える

巻十二

生《せい》

太田原白鴫《はっこく》

いくら　頑張っても
あと三十年と思うが
ヒョットして　五十年かも
でも、もーいいやとは　仲々思えぬ
白寿の翁

中山まさこ

すれ違った電車の中や
行ったことのない街に
あの日　別の選択をした
私が
幾人も暮らしている

川崎敬子

私が
生まれた
病院で
父は
死んでゆく

甲斐原　梢

「痛い」とは口にしない
十日毎の全身麻酔手術でも
傷口をシャワーで洗い
足元が血に染まっても
口にすれば全て崩れ落ちる

恨みと
要求の電話が
ぴたりと止んで
認知症になったと
知る悲哀

小原淳子《おはらあつこ》

一年越しのメンテ終わって
ドクターとガッツポーズ
よっしゃーッ！
酒　やったるでーッ
気が向きゃ歌も詠んだろかい！

泊　舟

発禁になるような
小説を書きたかった
書けなくて
本当に良かった
（残念でもある）

佐々木エツ子

拾ってきたような
いのち
たまらないような
美しさも
知る

草壁焔太

西條詩珠

へその緒がついたまま
バナナの葉にくるみ
精霊にか人間にかの
選択を迫られる
十四歳のヤノマミ族

八木大慈

人生いくたびか
大吹雪
時にまた
紙吹雪
花ふぶき

唐鎌史行

絶望の先にも
道は開け
その道は
絶望の先にしか
無かった道だった

山碧木《やまあおき》　星《ほし》

一瞬
を
いくつ
永遠に
できるかだ

凛とせなあかん
書類の
世帯主欄に
自分の名前を書く時ぐらい
さあ！

松山佐代子

椿咲く
父母の家を去ってから
十二年
新しい引越し先に
椿が咲いていた

三好叙子《のぶこ》

遣り繰り
算段
梯子段
段々　近づく
人生の断崖

大橋克明

空き家から
沈丁花の香りが
漂ってくる
寂に
色がついたよう

小田みづよ

金子哲夫

あの世のことが
分かるのは
生きているうち
だけだと
死に神が笑う

叶　静游

周りに迷惑を
かけずに済むには
治療をどこで
断ち切ればよいのか
癌と話し合う

鳥山晃雄《てるお》

この世はすばらしいと
一日生きただけで
カゲロウは言うだろう
俺はもう
二万七千日も生きた

髙橋美代子

人生
山登りならば
もう八合目か
この世の酸素が
稀薄になってゆく

妻は大先輩
息子と娘も
私の先輩
通信制高校を
やっと卒業

小谷要岳

松葉杖
体の一部となり
46年…
私、
杖の魔術師

逆井潤子

〃子供に戻って
湯をかけあって
はしゃぎましょう〃
即、出席と書いた
クラス会の案内状

志村礼子

風の不思議
頬を通り過ぎただけで
迷っていた一歩を
踏み出してみようと
思う

髙樹郷子《さとこ》

リハビリに
通う
田舎道が
一番の
リハビリ

石川珉珉

何しにきたの
と
人生に問われている
今から
答えよう

永田和美《なごみ》

死体と
じゃがいも煮て食べた
兵隊帰りの叔父が
一度だけ興奮して話した
話さなければ良かったと95歳逝く

森脇　一

別れて
悲しいか
独立して
楽しいか
路上に靴の片方

庄田雄二

鮠《はや》人《と》

私の干支は亥年
九十三回迎えた誕生日
でも、杖をついた猪なんて
動物図鑑にも
載ってませんが

山茶花

ジェットコースター
まさかの最前列席
不惑の息子と母親は
必死に眼鏡押さえながら
遠心力と闘う

福家貴美《ふけきみ》

一般病棟に移る朝
400ｇの臓物の前で
医師の説明を聞く
家族は
力いっぱいの笑顔で耐える

大橋克明

節足動物の
足音さえ
聞こえてくる様な
一人者の
無音の世界

現役よ　さらば
40余年の
刑期を
終えたような
軽やかさだ

山本　宏

十八才。友は
機械に巻き込まれた
僕はショックで
それから生きた
仇を討つために

夢　助

体調を崩すと
良かったときなんて
なかったように思える
100の日常は
1の非日常に負ける

山崎　光（高三）

子を産み乳を含ませば
人間意識は
ガラリと崩れる
犬も猿もみな同じ
ただ命をつなぐもの

兼子利英子

芳川未朋《みほう》

生きた
心地が
しないくらい
どきどき
生きていた

しん

今の根性では
抜けれない
自分の
つくった
行き止まり

ざしきわらし

鍬を買った
鍬を買う人生が
待っていたとは
自分で自分に驚く
新鮮だぁー

高樹郷子《さとこ》

思えば
私という川が
ぶつかる石だったり
寄り添う岸だったり
人との出逢いは

お金
つかうなら
病院よりも
遊びにネ
乳癌の友は言う

水上　光

「癌」告知も
二度目ともなると
動揺はしても
「そうか　きたか」
ストンと納得している

姫川未知絵

蝶は喜んで
抜け殻を
置いていくのに
僕はまだ
そうはなれない

山崎　光（高二）

もらった
いのち一つに
ほしいものが
いっぱい
ついていた

草壁焔太

山川　進

闇のなかの
暗闇のなかの
真っ暗闇のなかの
輝きよ
オッス

辻　春美

すべって
ころんで
尻餅ついいて
ついたお餅は
胸椎圧迫骨折

倉本妙子

百歳とは長く生きたねと
笑う母
暫くしたら
私はいくつ？と又言う
一緒に泣き笑い

山内きみ江

呆け防止
あれこれ試してみても
何も答えは出ない
可愛く呆けて
あまえよう

90才の母が
ガンの告知を受けた
あと10年待って欲しかったと
つぶやいている
笑うところなのかなぁ

中山まさこ

父の日
絶縁中の息子から
嫁に電話あり
「元気で長生きしてや」
その一言《ひとこと》に思わず涙

泉南のダルビッシュ

車中をしずめた
永眠
のメール
空に
朧月

田川宏朗

東の横綱だった
ガキ大将から
電話があった
らんぼうな声が
なぜかあったかい

篠原哲夫

黒木康全

入院時
隣のベッドの彼は
「初体験なんでワクワクする」
それが
最後の言葉だった

SORA

医師の
説明聞く
私と妹に
雲も動かずに
聴いてる

富士江

きつい言葉も
病のせいと医師が言う
レビー小体型認知症
宇宙人の声を
聞いているようだ

松山佐代子

父さん母さん
ご先祖様
もう少しお待ち下さい
きっと脱皮の
炎天下の墓参り

水のように
渇きを覚えた
ときにしか
気づけない
大切さ

山崎　光（高二）

首を大きく回し
漸く見えたもの
首を少し傾げると
見える気がする
大病の効用か

甲斐原　梢

老の
昼寝は
たまらん
誰にも憚らず
猫と一緒に

鵜川久子

生まれる時代も
生まれる場所も
何に生まれるかも
選べない。　森羅万象
それを運命というのだ

荘司由太郎

私は
この先
如何《どう》なって
ゆくのだろう
最後は小石だというが

石井美和

墨をぬって
和紙をおしあてよ
心が傷だらけなのは
人生の版画を
刷るためなのだから

三葉かなえ

DVシェルターから
施設へ移動
音信不通の私が
父に内緒で
母を養う

いおり

こんな所に
天使の巻毛が 一本？
愛おしく 拾いあげ
悪魔の胸毛 と
気づく 夜

都築直美

私の体に
番号がついた
ステージ「4」…
朝まで泣いた
闘病の始まり

逆井潤子

二十年ぶりの
同窓会の案内
生きている
証拠に
欠席と返信

とりす

別れた人の
成功話を聞くよう
遠花火
元気かな
恨んではいないよ

酒井映子

駄々を捏ねる
妻を抱いて
寝かせる
二人の老いに
轟く雷鳴

鈴木泥雲

磯　純子

一人で
映画を観るのは
一人で
夜汽車に乗るのと似ている
終着駅はどちらも新しい朝

中島さなぎ

四十年ぶりの同窓会
先生を
追い越しすぎた友へ
宴会前の
黙祷

庄田雄二

ブドウの
ロシアンルーレットに
的中！
一粒だけ
酸っぱい

おお瑠璃

タンポポ咲いたら
帰ってくる
出稼ぎの父を待ち
玄関先に
座ってた妹と二人

骨と皮の私を
不気味と後方で
ささやく
インターン
遠き日の命想う

茂原朝子

「これなんですか
はい　声をだして」
「キューリ！」
高齢者運転免許
認知症テストの屈辱

髙樹郷子《さとこ》

走り寄った
幼馴染に
ハグされる
まだ、まだ、照れちゃう
敬老会

志村礼子

目の前に小箱が置かれ
「開けてみて」

えっ！うそっ！

もしかして！！

おちょこだった

ともひめ

数多の
命を
喰らった口だ
死が怖いとは
よもや言えまい

村岡　遊

いったい何を
怯えているのか
物語の
最終章は
自分で書こう

鮫島龍三郎

麻痺で
動かぬ手でも
握り締めて
眠ると
温かい

柳澤茂実

ここは
世界の端《はし》っこ
何があるかというと
折り返しの
細い道

マイコフ

見山あつこ

あなた、今どこ?
奥さんですか
すぐ来てくれますか
ご主人は今
救急車に乗ってます

山本富美子

リンゴ狩り
二十四才婿さんは
はしごに登り
丸かじり
若さは新鮮

草野　香

心に小さな花束を
と思ってた
気がつくと
大きく素敵な花を
抱えていた

平井千尋

子を産んだ日は
天使の歌声と
トランペットの快音が
響きわたるような
安らぎ感

花　みちこ

96歳の舅は
90歳の姑に
DVを受けた
傷跡を残し
ホームで笑う

いそのかおり

「これでよし」と
義母は言ったようだった
待ちわびた息子から
この世での
最後の水をもらって

植松美穂

つないだ手が
離される
静かに
崩れてゆく
家族

庄田雄二

何とかなる、て
いいな
ゆるやかで
それで
真実で

息子の恋人は
ふわっといい匂い
私も
いい匂いしてた？
夫に訊いてみたい

悠木すみれ

救急車の音
その昔
倒れた妻に
驚きおののく
吾れの思い出

髙橋健三

三十年前の仕業
詫びる私に
肩を抱き
ともに写真に収まる
旧友

田川宏朗

おむすび
おはぎ
郷愁を
誘うものは
手で包まれる

佐藤沙久良湖《さくらこ》

富田浩平

妻の望みで
「夢」と刻んだ墓碑に
まだ誰も入っていないのに
赤トンボが二匹
とまっている

伊東柚月

ボタン三つ開けて
見せたあとの
気恥ずかしさ
深刻ぶった身の上話は
とうにふさがった古傷

マイコフ

まだ眠る
　団地に
日が昇る
　ひとつの窓に
ひとつづつ

長嶋通子

体幹バランスに
これ程不可欠な
ものであったのか
失って知る
乳房《ちぶさ》

清水美幸

必ず来る
明日を信じて
「さよなら」
手を振る君
今朝、星になる

いおり

さあ死ね
シュッとひと吹き
Gの死骸をゴミ箱へ
家族は居たのかと
ふと思う

草壁焰太

八十になって
奥を
極めたからか
頭蓋骨と
頭が同じになった

由　奈

「きょうは残りの人生の
一日目」
ドラマの台詞が
胸にしみる
残りと思えばやっていけるかも

観《み》　月《づき》

「子を成す道具」
に
すら　なれず
緩やかに
迎えたらしい閉経

ポッサラッセ

スーパーの
生簀で泳ぐ魚たち
同じ顔した年寄りがいる
悠然と店内物色
明日の命も分らずに

城　雅代

どうしてか
声が裏返ってしまう
五十年来の
友に
逢うだけなのに

松山佐代子

百歳体操を
教えてもらう
百歳まで独りで体操？
上げた右足を
戻しそこねる

週に三日は
透析の金縛り
あとの四日は
そよ風に
ふうわふわ

冬《とう》　石《せき》

草原に老いた
ライオンのごとく
己が秋《とき》を
知るべし
と思う

泊　舟

体温38度
看護師が氷枕を
つくってくれた
女房でも記憶がない
優しさに戸惑う

森脇　一

言っても無駄
やっても無駄
ってことも
言って、やって
わかるんだから

芳川未朋《みほう》

柳沢由美子

いちにちじゅう
子らと
あそぶ
いつしかばあも
子となって

山崎　光

時間が足りないのは
自分が
羽化
しようと
してるから

馬《ま》　一呵《いっか》

思い出とは
戦わない
もう終ったんだ
それが
「老いる」ということ

水源《みなもと》　純

「仕事デキるね」
なんて言われてるようじゃ
まだまだ
褒め言葉を強要するような
私の仕事ぶり

甲斐原　梢

二〇一五年七月三十一日
もう三年で未だ三年
緊急手術の日は
封蝋で焼き付けられ
生年月日の様に刻まれた

馬《ま》　一呵《いっか》

激痛の津波
消してくれるのが
「死」であっても
いいと
思ってしまうほどの

愛　麻衣子

もう助からないと姉が
心臓マッサージを止めた
その手を振りきって
あなたが助けてくれた
感謝を込めて生きていく

岡田道程

「生きがいいねぇ」
「ピチピチ跳ねてる」
息が苦しいからです
「身が新鮮だねぇ」
絞めたばかりですから

松山佐代子

夕焼けに
こみ上げる名もなし
ただ
懐かしい空間が
ふんわりと

森野さや香

ソプラノを
奪われた
喪失は
真っ赤な口紅でも
埋められなかったけれど

としお

神は空間でなく
レールの上に
我々を
そっと置いた
分岐の多い

観《み》月《づき》

その処置室は
新生児室のとなり
赤児の泣き声を
聞きながら
受ける流産の後始末

作野　陽

負けろと言われて
誰が引きさがるか
ただひたすら
勝つためにだけ
生きてやる

姫川未知絵

「家に帰る」と父
「帰ってどうするん？」

「畑仕事をせないかん」

「車椅子に座ったままで？」

「そうじゃったのう」

坂東和代

盆栽にしてしまった
小さなガジュマル
これから何になりたいの？
いつのまにか
自分への問い掛けに

川出佐代子

緘黙症だったわたしから
今、歌が生まれる
登校拒否六年間も
やってのけた
今、大好きなのは人間

「何度言っても
犬の名前を
覚えないんだもん」
九十三才の脳みそ
曾孫には解からない

善《う》知《と》鳥《う》

三年前は
駅を車椅子で
押してもらった
「今は、歩けるんだ。」
それが最高

篠原哲夫

終章も
旅の途上
新しい出会いに
まだ知らなかった
自分を知る

髙樹郷子《さとこ》

古びた木造
六畳一間と台所だけの
あの部屋は
ふたりにとって
夢そのものだった

三好叙子《のぶこ》

和からし

はげ隠しのボウズですか？
不登校だったガキがいう
そこまでに到達したかと
喜んでやるよ！
図星だし

志村礼子

「さよなら」の
かわりに
「又ねッ」　大きく
手を振った
最後のクラス会

井椎しづく

朝9時前　ハハキトクの報
1時間半後　義母亡くなるの報
2時間後　娘が花束抱え
「会社やめてきた！」
全部平成30年11月14日のこと

荒木雄久輝

深夜
タクシー
降車
初めての
部屋

柳瀬丈子《たけこ》

静寂が戻った
闇の中で点滅する
酸素ボンベのランプが
私の呼吸を
見守っている

山崎　光

クジラが
プランクトンを
吸うように
人を馬鹿にして
生きている

倉本美穂子

濡《ぬ》れ衣　って
羽織ってみたくなるような
言葉
妖しげで
艶っぽくて

鮫島龍三郎

謙虚に生きよう
と　決めたのに
酒を飲めば
いつのまにか
自慢話

井椎しづく

知らない人達の出す空気に
フギャーと逃げ帰る
私　けっこう小物ね
「知ってる」
お腹から声がする

夕　月

可愛がって育てた児
どしどし親に反抗する
虐待受けた児
自分がいけないと
思ってる

水源《みなもと》　純

漬物石のような
木の瘤
力は
まあるく
熟《な》るものかしら

草壁焔太

今日
ふと
もの思ったように
始まった
いのちだった

生命の
全部を蔵している
一粒の
種の
豊かさ

西垣一川《いっせん》

八方塞がりの
壁が崩れたのは
最後は死ねばいいんだ
と　立ち上がった
時

酒井映子

「俺　せんせいって
呼ばれてんだ」
中学でワルがき
いま幼稚園で
送迎バスの運転手

染川　衛

もう座る事ない椅子が
捨てられずに在る
ここは私の
部屋の片隅か
それとも心の片隅

甲斐原　梢

草野　香

「しんどい」と言う
91歳の母の手を
96歳の父が揉んで
そのうち二人して
コックリコックリ
睡る昼下がり

田代皐月《さつき》

神とは
人間の可能性のこと
だとしたら
私はまだ
神と在るということだ

岡田幸子

今だ と
思う瞬間がある
まるで
人生の大海原で
サーフボードに乗るような

漂《ひょう》　彦龍

かすがいに
なれなかった子供
としての私が
四十年前に
沈没した海溝がある

ある日
突然
日常を失う
声の出ない
妻が立っていた

小山白水

轟々たる流れの
川底に
しがみついてきた
言葉だけが
手元にある

金沢詩乃

「一日が
一生のつもりです」
電話口から
背骨がみえる
九十三歳の口調

平井千尋

人々の情《なさけ》に
すがる様に
生きる
この悲しみ
卆業出来るのは何時

鈴木泥雲

岩瀬ちーこ

「元気？」に
「元気よ！」の返信
「さよなら」のルビに
気付かず
ごめん

松井純代

生きる力というのは
面白いと
思うものを
見つける力だ　と
最近ぐさっときた言葉

河田日出子

生は
一瞬
だが
死は
永遠

矢崎きよ美

一日中
自分だけの時間が
ほしい
とうとうその時が来た
病院のベッドの上で

床の中の
読書は
永年の
わが悪癖
わが悦楽

村田新平

疾走する救急車から
街並みが飛んでいく
母と二人
狭い宇宙船に
取り残された　錯覚

富士江

市役所の
警備員室に
死亡届の傍らで
出生届けが
提出される

小野寺正典

車に入った
蟻　一匹
帰る場所を探してる
俺とて同じさ
ここは知らぬ道

よしだ野々

いぶやん

彼岸花　死人花　地獄花　幽霊花
蛇花　剃刀花　狐花　捨子花　曼珠沙華
一度きりの人生
これくらいの異名で
生きてみたい

柳瀬文子《たけこ》

黒揚羽
まつわるままに
往く
野の途の
はるけさ

樹《いつき》　実《みのり》

頭を使い
体を使い
心を良い方へ
使っている人は
豊かな大地そのもの

葉　翠

人生は
たった百ページ足らずの
短編小説
一行先すら分からず
読み続ける

布団に入って
読みさしの本を
開く
この瞬間のために
生きている

柳沢由美子

遠からずきみは死ぬだろう
遠からずぼくも死ぬだろう
その後も　雲は流れ
木々は揺れ
草は戦《そよ》ぐだろう

村田新平

崇高な
欲望に生きた
それで
よい
と思う

草壁焔太

生徒を立たせる
教師も
教壇に
一生
立たされる

島田正美

山崎　光

努力
しても
君
は
セイタカアワダチソウ

綾　和子

私の
すべては
可燃物
お腹の脂肪
溜めておく

田代皐月《さつき》

冬隣り
人は
逢うべき
人にしか
逢わない

野田　凛

百一才のおばあさんが
長生きの秘訣を
コッソリ
教えてくれた
「息を止めないことよ」

山崎　光

早期退職を募っていた
「こども」
もう一度
再就職
できませんか

草壁焰太

私の
一生をまとめると
ただ一言に
尽きる
ごめんなさい

寺本由美子

留守電に
立て続けに
着信記録
壊れかけた
姉から・・・

於恋路《おれんじ》

ここだよと
五才の息子が
教えてくれた
旦那の
愛人の家

詐欺師のお前へ
幼なじみには
声を掛けなかったんだな
出てきたら
一緒に飲もうな

よしだ野々

要支援2と判定された
九十歳の母
「1のままでいいよ
しょっちゅう家に来られたら
私の時間がなくなるやん」

須賀知子

少額の利益の為に
数え切れないほど
腰を曲げてきた
年金受給したとたんに
腰痛とひざ痛

窪谷　登

老人になる
のではなく
すべてを意識する人
として
生れ直すのだ

鳥山晃雄《てるお》

鳴川裕将

死のうとした
日が
あった
今日はわが子が生まれる
なんということ！

生駒涼子

若い頃から
人生訓
成功談に
耳目を向けてきた
結果　肩書は主婦

吉原富志子

湯船の中で
乳房の傍の
マジックの印を睨む
悪さをしている奴は
どんな顔をしているのだ

馬《ま》　一呵《いっか》

死は
内側からはじまる
だんだん
自分が
空蝉《うつせみ》になってゆく

草壁焰太

私は
舟
血流の
上を
航く

永田和美《なごみ》

たくさん泣いて
大人になった
大人になったら
ちがう涙が
待っていた

綾　和子

防波堤に
釣り人が並んでいる
人はこれを
年金岬と言う
鱚が跳ねている

亜　門

得
特
徳
どれを追究するかで
人生は変わる

稲本　英《あや》

選んだ道
選ばなかった道
選ばれなかった道
綯われて
私の道となる

福井昭子

育児が終われば
老母を育て
今は育夫
私はそうして
育ってきた

ろごす

動揺するとは
思わなかった
「ホームへの
順番が来た」
という電話

中山まさこ

緩和ケア病棟の
廊下を歩けば
あちこちの部屋から
高田純次の声
母の部屋からも

生
病
老
死
あとは、永遠の無

青　藍

転校で別れた彼女を
十年間思い続けた。
産院へ向かう
タクシーを見て、
あきらめた

吉田保之

その
トキメキは
罪深く
彼は
親友の君

夕　月

人は
歩く宇宙
体内の
細菌百兆
ウイルス千兆

福田ひさし

10年前の写真を
みる
何もかもが若い
しかたないか
10年前だ

塚田三郎

夏休みの宿題を
一日で終わらせる。
毎年
かなうことのない
大きな願望

内山愛翔《あいと》（小六）

どんな思いで
ここに立ったのか
あなたは知らない
DV関連の本を読みたいのですが——、
ここには置いていません

横谷恵子

池袋、所沢、向丘、本駒込
ロッキングチェアよ
おまえとの旅の日々
ふと、
窓辺にゆらしてみる

三好叙子《のぶこ》

癌を宣告された日
この世のすべてが
きれいだったな
生きてる値打ちを
百倍くらい感じたな

野田　凜

いつか叶える
夢夢夢夢夢夢夢夢夢夢
って
もう覚めない
夢の中なのに

鳴川裕将

巻十三

生き物

ホッ　ハッ　ホイ
と
コマ送りを
見ているような
トカゲの動き

悠木すみれ

ネコ社会では
空前の人間ブーム
抱かれてみなよ
奴らあんがい
あたたかい

芳川未朋《みほう》

一等賞の
赤い賞布を掛けられた
松阪牛も
ウシなり
むおお　と啼く

世古口　健

鯔が銀色の
腹をみせ水面に
翻った瞬間
都鳥が咥えた
生と死のすれちがい

とりす

居間のソファー
バッタと
バッタリ
ワッ　ヤヤッ
双方跳び上がった

中島さなぎ

イケメンゴリラ
名はシャバーニだって
背中のシルバーの毛
お尻の丸みに
ノックアウト

江田芳美

区内放送の
夫の声に
飼い犬が
ウオーンウオーンと
反応する

柳沢由美子

まだ若い雌キリンの
黒く長い睫毛に
こんもり雪がつもるから
雄キリン　愛しそうに
首をからめてくる

幸田真理子

アカガエルの卵
ふわぁ　と
塊を作って
まとまって
生きる力

高田明美

アマゾン流域で生れた
小さなキヌザル
雪国のわが家に来て
少しだけ
生きた

鳥山晃雄《てるお》

蜘蛛の子の
やわらかな薄緑
そおっと放せば
ふよふよと
春野に溶けた

詩流久《しるく》

この世で
一番清しい匂いは
剥いたばかりの牡蠣
ぜんぶ
海になる

萌　子

樹《いつき》　実《みのり》

小松菜から
飛び出した
青虫
そのあわてぶり
前世は人間？

静《せい》

凄いのは
鳥か？　見つけた人間か？
シジュウカラにあるという
言語能力と
文法規則

今井幸男

だんだら坂を駈け上っていく
ずんぐらむっくらの
雪豹に　ひゅん
驚異の直線22頭抜きでダービーを
征した　あの馬の面影

内藤雅都代

引き取られてきたのは
殺処分寸前の犬
虐待を受けて
片目がつぶれている
残った目のなんとつぶらなこと！

梶本千恵美

二階にある
主の寝室には
もう、上れない
犬も
老を受け入れる

庄田雄二

大都心に
ヘビ君登場
出て来ただけで
野生の
凄みを見せる

渡邉加代子

初めて
操縦桿を握った感じか
あっちこっち
ぶつかりながら
蝉が飛ぶ

嵐　太

上った山で
ひと夏過ごし
赤色が差したら
里へ降りていく
アキアカネの旅だ

庄田雄二

懸命に
生きようと
するほど
嫌われる
ゴキブリの悲劇

明槻陽子

膝の上にちょこん
ひとしきり
肉球しゃぶり付きモミモミ
そのあと　ごはん
うーん　甘えんぼう!!

むつ子

瀕死の鬼ヤンマと
向きあった
あげた水をかすかに飲んで
そうして
動かなくなった

水源《みなもと》　純

生えたての足って
どんな心地だろ
後ろ足で
ぶきっちょに泳ぐ蛙《こ》
そろそろ尾もとれるころ

渡邉加代子

雑踏に降りた蝶に
差し出した指
そっと掴む感触は
あのときつないだ
あの子の手のよう

兼子利英子

蝉の抜け穴
ぽっかりあいたままの
産道を
秋雨がやさしく
つたう

風《ふう》子《し》

大きな大きな青空だ
高く高く風に乗り
無限を
滑降する
海かもめ

柴田朗子

生きるために
食べるのか
食べるために
生きるのか
食べ続ける山羊

風祭智秋《ちあき》

片羽を失くした蝶が
頭を地に擦りつけて
回る
諦めを知らずに
回る

三葉かなえ

クジャクの背
大きな扇はまるで
一筋一筋
電気が通った
プロジェクションマッピング

村田新平

薔薇の消毒液を
散布すると
決まって飛び出す雨蛙
バケツの水に潜《くぐ》らせ
応急洗浄をする

三友伸子

イブの日に
願ってもないプレゼント
ジョウビタキの花子が
寝室に
居る！

池の底に
手足を伸ばした
若猫の死骸
老いを疾うに超えた
鯉に挑んだか

もろこしみきこ

わがやの愛鳥だった
九官鳥の九ちゃん
あいたいヨォ〜
もういちど
私の声でしゃべって

香川由美

愛犬は
母におこられると
私を味方につけようと
磁石みたいに
くっついてくる

斉藤みのり（中三）

突風に
あおられて
猛禽の
翼の
裏の白さよ

芳川未《み》朋《ほう》

富士江

シマウマか？
宇宙馬かも？
ひっそりと森に棲んでいた
オカピ　第一発見者の
瞠目

草壁焰太

仔雀が
金ブンを
くわえようとする
ちいさな嘴
目もつぶって

棚橋八重子

春の陽たっぷり
甲羅乾しする亀八匹
大きい順に整列し
折り目正しい
水辺の家族

幸田真理子

タンチョウの鳴き交わしの
何と肉感的なことよ
頭頂の赤色が
羽毛の赤でなく
透ける血の色と知ってから

村田新平

ジョウビタキ
馴れ馴れしく
寄ってきて
ちょっとそこどいてと
尾で指図

下瀬京子

嘴を
グイッと土に差し込んだ
ツグミの尾っぽが
はげしく揺れる
春の食卓

もろこしみきこ

五〜六匹も
妊んでいるような
外猫が
形相険しく
猫なで声で餌をねだる

三好叙子《のぶこ》

身を濯ぐとは
ほら、
あの雀の砂浴び
烈しく
また　楽しそうに

心《こころ》美《び》人《と》

鍬の先を走り回る
セキレイ
慌てる
オケラが
大好物

大口堂遊

ウンアーン、ウンアーン……
いいな、雨。いいな、雨……
飽かず訴えるタイの牛蛙
よしよし、わかった！
思わず、返事した

古　都

ママがごろごろしていると
家の犬も真似をする
あんたも歳をとったネ
というと
がばっと立ちあがる

守屋千恵子

黒豹紋蝶の幼虫に
パンジーを
一鉢全部食べられたので
もう一鉢添えてやる
サナギになるまで後少し

窓の景色を注視し
到着駅告げる
アナウンスに
伏せの盲導犬が
立ち上がる

ともひめ

100羽の
ムクドリが
1頭の天馬の形して
空に
暴れる

柳沢由美子

ついに見つけた
バジルの葉かじる虫
どうしよう
可愛すぎる
バッタの赤ちゃん

ひよどり

カラスも寄り付かないという
イヌマキの葉を喰う蛾
キオビエダシャク
その臭いで
種を保存する知恵を持つ

静《せい》

黒岡重安

迷い込んだ蝉
四面にぶつかり
気を失った
近付くと　気づいて
また壁に　ど突かれている

世古口　健

鳥たちは
それぞれ装いを凝《こ》らして
カラスは
クジャクの羽を
欲しがらない

じゅんこ

カラスの世にも
イジメはあるか
個の黒が
塊の黒にのまれて
沈んでゆく

三隅美奈子

捕獲への
ウォーミングアップ
蟷螂が
風にリズムをとりながら
スウィングしている

蘭　洋子

桃色のなでしこの
花の上
カマキリが
蝶を
たべている

吉川敬子

交尾しながら
バラの芽を喰う
マメコガネを
脳よ
なぜ嫌悪する

むつ子

寒くなった
亀の水槽に
お湯を入れてやると
「ええ塩梅…」
こんな顔をした　と夫

坂木つかさ

もしかして
命を温めた
名残だろうか
鳥胸肉の
かすかな窪み

犬が笑うと
思っている
人間は
犬から見れば
滑稽だろう

五所良明

お前はどこまで
昇ったかい
壊れた西洋凧《ゲイラカイト》の様な
蛾の死体
掃き捨てる

漂《ひょう》　彦龍

水槽の中を
ミジンコが泳いでいる
痙攣しているような
その動きに
細胞がザワザワする

柳瀬丈《たけ》子《こ》

口移しに
餌をもらう仕草を
今日も繰り返す百舌鳥
もう　オスは
来ないのヨ

山本淑子

木の葉一枚
頭にのせて
尻尾がのぞく
狸の子
秋の陽だまり物語

風《ふう》　子《し》

めんこがってくれる
すべての人に
すりすり甘える
みなしごだった
ななみに教えられること

佐藤慧理子

牡蠣よ
おまえは「海のガウディ」
自在な形の殻のなかに住まって
いったい　どんな設計図を
持っているの？

世古口　健

何に愛されたい
？
トンボや鳥に
愛されたら
それでいい

三友伸子

宮川　蓮

私を見つけて
駆けてくる小犬の
ジャンプ！
胸をひらいて
受け止める

山本淑子

この庭石の下には
棲み分けがある
カニ、ムカデ、ミミズ、――
夕暮れても
お尻が暖かい

岡田幸子

真一文字に結んだ
黄色い嘴が
一斉に
大きく開いた
かあさん、帰ってきたんだね

安部節子

窓枠に収まる
白い船団
一羽のカモメが
絵筆のように
過る

志村礼子

小犬が
私のベッドにおねしょ
伏目がちに
すり寄ってくる
「いいのよ、君、かわいいから」

宮澤慶子

軒下に落下してた
小鳥
風速四十米を
避け損なったか
空に純白の腹見せて

竹林煌子

カラフルな
ガラクタあつめて
カラスの巣づくり
抽象派を
　気どっている

吉川敬子

奇跡的に
捕えたセミを
カマキリは
山を喰らうように
貪る

かんな

一匹の
冬のハエに
一日中
翻弄され
逃げられる

雪乃舞

なんて穏やかな
ナマケモノの顔
キミは本当に
私と同じ時間を
生きているのか

山本淑子

嘴《くちばし》が菱形《ひしがた》にあく
「カパッ」と言ってやりたくなる
鳴き声を真似ると
こっちを見るシロハラ
春には北帰行か

志村礼子

居間はあたたか
ソファの隅で
「ここ掘れ、ワンワン」始まった
私の指輪
みつけてね

今年も早く
来てくれたか
可愛い雉子の子
小さな一枚の
羽をしるしに残して

高橋　典

特大のカナヘビ一匹
二匹、三匹、間を置いて八匹
伏せた梅干ガメの上面《うわつら》に
ズラリと八つの顎《あご》、下方へダラリ尻尾八つ
やがて「円卓会議」解散。何だこれ!!

山本淑子

潮を吹くたび
頭上に
架かる
シャチの
マイ・レインボー

福田雅子

南高梅の枝に
びっしり寄生した
カイガラムシの幼虫を
ジャリジャリこそげ落とす
おぞましい作業だ

寺本由美子

福田雅子

アゲハの幼虫の
形だけ残して
ハチは去る
中身はそっくり
腹に収めて

宮治　眞

ひらり
アサギマダラの俯瞰
己の
翅の色は
見えているのか

山本淑子

やっぱり居た!!
二、三歩先「細いリボン」!!
吸血蛭《ひる》
逃げようにも
足が抜けない

六《りっ》　花《か》

若い血は
美味いか?
と、問いたくなるほど
息子に群がる
蚊の集団

人間とペットの
枠超えて
会話し始めたら
そこが天国
かもしれないね

愛　子

「子ぐまがいたのよ
すぐ親が飛んできてね
ビィ　ビュッ　ヴィッ　と叫んだの」
尾瀬が原のまん中
今、熊を見た人の騒動

むつ子

緑の
地球《ほし》に生まれた
喜び
縦横にもぐる
赤ちゃんトカゲ

福家貴美《ふけきみ》

親猫のしっぽ
右にピッ　フニャッ
子猫のしっぽも
右にピッ　フニャッ
とろとろ〜の午後三時

城　雅代

とんぼ
群れても群れても
ぶつからない
躾け届いた
学童達のよう

志村礼子

猿が百匹
同じ顔で
遊んでいる
一匹づつ
上機嫌である

天河童

昨日の卵が
泳ぎだす
小さな身体で
力強い
メダカたち

堀川裕子

丸々した
蝶の幼虫が
もこもこ急ぐ
蛹への眠り
間近のよう

礒貝美智江

庄田雄二

野良ネコは
必死に
生きていないように
見える方が
いい

いぶやん

「認知症で徘徊がひどいの」
「十三歳だったら
まだまだ生きるわね」
待合室の会話に全身が耳…
飼い犬の話しであった…

井上澄子

うちに来て
幸せ？
どうしてこんなに
かわいいの？
ママは？

須賀知子

子犬と子猫しかいない
商店街のペットショップ
見つめていると
ただただ
優しくなっていく

柳瀬文子《たけこ》

ゆっくりと
水輪展げて泳ぐ鯉
ポトリ　木の実が落ちる
パクリ　鯉が呑み込む
あとは無音　昼の池

平井千尋

かつて母がそうしたように
子に自分の体を食べさせる
ハサミ虫のお母さん
もう
虫ケラなんて呼べない

山本淑子

「シロハラ」はどこ
「シロハラ時間」の解放感!!
尾羽を袴《はかま》のように
広げて翔ぶ
半信半疑？で寄って来る

髙橋美代子

北国の湖に棲む
ヒメマスの群れ
紅《くれない》に染まった求愛色
産卵後オスもメスも果てる
情死だ

上田貴子

水を抜いた金魚池
ぬっと突っ立って
微動だにせぬ
アオサギに
ひるむ

山本淑子

何とマア
うちの雀《こ》たち
籾《もみ》を口に入れた
と　見るや「バラバラッ」
と　籾殻を「吹き出す」

パンとあこがれ

狂ったように
枝から枝へと
虫をくわえて
メジロの子探し
猫に食べられたのも知らず

中島さなぎ

バタバタ親ツバメ
5羽の子育て
ヒナ1ヒナ2ヒナ3にエサ
ヒナ4ヒナ5ヒナ4にエサ
ときどき席替えしてるよね

夫婦喧嘩を
素知らぬ顔で
威風堂々
尻尾自慢の
黒い猫

富士江

母子《おやこ》の取り違えなど
有りはしない群雀
餌を一旦口に入れ
消化しやすくして
子に口移ししている

山本淑子

メダカの卵から
3ミリほどの
針子が生まれる
スプーンで掬えば
助産師の気分

佐藤沙久良湖《さくらこ》

父が
指さし
二人でゴクリと
凝視した
蟻地獄の顛末

西條詩珠

半夏生の
みどりの葉の上に
赤ちゃんバッタ
ちょこんと
みどり

ひらり

光る糸が
降っているかのように
風に流されて
どこまで飛んでいくのだろう
蜘蛛の子達の旅立ち

葵

数十年
そこで暮らして
いたような
小さな虫が
文字を横切る

マイコフ

たどたどしい私の歩みに
羚羊が
やさしい眼差しで
振り返り振り返り
離れて行く

横谷恵子

よもぎ

ハマカンザシ一鉢
見事に丸裸
一夫多妻の
負んぶバッタ
いよいよ交尾へと

樹《いつき》　実《みのり》

海の記憶を
人間ごときに一言も語るまいと
皆一様に
堅く口を閉じている
カタクチイワシとはそういうことか

金子哲夫

月が隠れ
虫の声が絶えた
雌が雄を
喰う
デナーが始まる

芳川未朋《みほう》

鳥の
とってくる
ディスタンスでわかる
わたしへの
評価

中山まさこ

寝返りを打つと
追うように
背中にしがみついてくる
冬の猫の
愛おしさ

巻十四

木・花・実

島　涼

木琴を叩く
先が丸い棒のような
千日紅
風に揺られて
美しい音色を奏でている

須賀知子

信じられない
私が育てたの
よくぞ咲いてくれました
深紅の薔薇
一本

渡邉加代子

カサカサ　ボソッ
山のあちこちに
なにか居るよう
豊かな森の
どんぐり降る音

佐藤沙《さ》久《く》良《ら》湖《こ》

母の胸を
まさぐるように
植える球根
きれいに
咲くんだよ

情熱も
たじろぐ灰かさ
青い地球の
巡りからこぼれて
いぬふぐり

松山佐代子

年輪は
自らを
語っているが
均等な円を
描いてはいない

柴田朗子

植物は
きっと
神に近い
静かに居て
取り乱すことがない

見出《みいで》 丘《たかし》

古代蓮《オオガハス》の
葉の縁は
ゆるいカーヴ
蓄音機にのせたら
きっとやわらかな音色

井椎しづく

草壁焔太

花をまだ
十分
見ていない
知らない山の
満開を思う

平井千尋

何千何万の葉に
水を送るのだ
駆けのぼる音
芽吹きの森に
響きわたっているだろう

田　螺

鬼ユリの蕾
開き始める
僅か二時間の間に
見る見る反り返る
イナバウアーの優雅さ

心《こころ》美《び》人《と》

小鳥が
プレゼントした種から
3年目の
あふち
背丈を超える

吉川敬子

仰天の地響きは
サヨナラだったのね
櫟よ
倒れ割けた胎には
虫たちの寝息

草壁焔太

同じ木が
並んでいる
ほんとうはみな
違うのではないか
人と同じに

旅　人

木を見て森を見ない
と言うけれど
葉の葉脈まで見れば
きっと
森に通じる

志村礼子

指
反らせたように
張っている
散りたての
木の葉

こぼれ種の日々草
どうして
咲いちゃったの
明日は
雪なんだけど

中島さなぎ

枯れた
桜の木が
切り落とされた
新大陸のような
切り株を残して

磯　純子

死んでいる
キャベツが
群をなして
生き物とは
知られずに

いわさきくらげ

暗い土の中でも
もくもくもく
入道雲パワーで成長する
若い生姜の
チカラ瘤

いぶやん

新たな世界を
見るために生まれた
綿毛も
いざ飛び立つと
悲しい

山崎　光（高二）

丸坊主に
剪定された
月桂樹は
廊下に立たされた
中学生のよう

村田新平

アレキサンドリアから
広まったという
マスカット
一粒、一粒が
翡翠《ひすい》の気品

髙橋美代子

勢いづいた
イチジクの枝
パツンと切れば
ポタポタと
白い液

善《う》知《と》鳥《う》

白菜の
頭を
ギュッとしばり
何処の畑も
冬じたく

礒貝美智江

青く深い
海　海が
心に広がる
リュウノヒゲの
小さな実

玉井チヨ子

極上の絹糸かと思った
葛糸の清らかな光沢
緑輝く夏葛の
奥に満ちている
光だ

宮川　蓮

cyu
の形して蕾
花
ほころべば
ふぁ〜

葉　翠

萩野千鶴子

誰かが呼んでいるのか
振り向くと
桜が風に乗って散る音
「悲しみは置いていけ」
私だけに聞こえた

神部和子

黄金の花芯が
ようやく息を吐く
おもむろに
花ひらく
白牡丹の貫禄

福田雅子

梅　の　実　も
　桑　の　実　も
栗　の　花　も
　ぽ　と　ぽ　と
落　下　の　候

コバライチ＊キコ

尾根に顔出す
樹々の根っこ
にょきにょき地を這い
この山の
背骨を成す

柿の木
数百個の実
七、八人で取る
なお鈴なり
柿は輝く

髙橋健三

この色が
出せるものなら
出してみろと
云わんばかりの
ナスの紫

仁田澄子

鞍馬の
千年杉は
知っている
陽は　また
昇ってくることを

小倉はじめ

竜胆《りんどう》の
青に
見入る
寝た子の顔を
飽きず見ていたように

山田瑛子

玉葱を描く
絵具がみるみる
吸い込まれて
いくような
純白

仁田澄子

白菜が
菜の花に
成長した姿は
葉っぱをドレスに
王女の風格

鳴川裕将

野菜の
新種
まん丸のズッキーニ
思わずニッコリ
暫く眺めていよう

柴田朗子

仕上げは
軍手で
いい子いい子と撫でると
産毛が取れる
メロンの美味しい季節だ

芽ろん

町田道子

行き先を
模索している
朝顔の蔓
隣の
傘を狙っているようだ

南野薔子《しょうこ》

ひとひらのうちにも
紅から
白までの
たおやかな諧調を湛え
桜は粧《よそお》う

三好叙子《のぶこ》

純白の苞
優雅にまとい
すっと一本
水芭蕉
黄の花の品性

草壁焔太

崩れているのか
咲いているのか
大きな
白い花菖蒲の
色っぽさ

西垣一川《いっせん》

生という文字は
草が生え出る形という
生という字を
活き活きと
繰り返し書いてみる

巻十五

海・山・空

山の向こうにも
山がある
山を越え
知った
美しい山

中島さなぎ

海山に
数ある
波の
一つなら
しあわせではないか

草壁焰太

えびが掘削して
ひらめが地ならし
かくして
海底は
いつも一等更地

髙樹郷子《さとこ》

正面に　どんと
岩手山
私の小ささを
思い知り
安堵する

宇佐美友見

寿柳裕子

ふわり
バルーン
風に乗れば
風を感じない
空の道

仲野千枝子

二階建ロープウエイから
見渡す限り
残雪と
新緑の
奥穂高

高橋文夫

白いドレスを
やっと脱ぎ捨てた
盛夏の鳥海山
その藍摺素肌に
敵う衣服はない

大橋克明

捲《めく》り役は　風
読みては
昼の月
うららかな縁側に
置き忘れた文庫本

渡辺信子

リュックサック枕に
空を眺める
青い　ただ青い
太古の海底に
落ちていくようだ

嵐　太

西へ低く流れる雲と
その上を
東へ流れていく雲と
峠の石に腰掛けて
風と見送る

富士江

動き出す前の
貨物船の
深呼吸
海の匂いを
嗅いでいる

髙橋文夫

振り向けば
あかね雲に乗る
破墨の鳥海山
ゆらりゆらりと
東空へ沈む

じいや・たかし

伊豆下田、爪木崎《つめきざき》
野水仙の群生地
すごいよ、まな
海と空が迫ってくるよ
一緒に歩きたかった

安部節子

道が山に
呑み込まれて行くような
山が道を
呑み込んで行くような
夜の山峡の道

大橋克明

はぐれ雲
西の空を
悠々と泳ぐ
そうだ
そこは、お前の空だ

仁田澄子

三十年ぶりの
太魯閣《タロコ》渓谷は
幾ミリかの浸食をして
私のことなど知らん顔して
切り立っていた

石は
水に研がれ
水は
石に磨かれる
―清冽である

酒井映子

走るときも
買物のときも
君（山）を仰いでいる
君は　私を
見ているのだろうか

瑠賀まさ

高い高い青空
私の中の毒を
叫ぶには
あまりにも
清らかすぎて

清水美幸

ピンホール
のような
月
空の向こうは
黄金の世界だ

山崎　光（高三）

水源《みなもと》　純

何度も見あげた空なのに
こんなに青い！　と
心は驚嘆する
とにかく歩こう
まだ知らない青があるはずだ

柳瀬丈子《たけこ》

ふり仰ぐ
天《そら》の明度よ
細胞の全てを
この碧に
染めたい

金子哲夫

ひさしから落ちる
雪解けの
しずく
幼子の打つ
木琴の音

芳賀喜久雄

小さな澪《みお》
曳く釣り舟
ひとつ
湾《いりえ》は
眠りの中

蜘蛛の巣に
数珠つなぎの
水の球体
目を凝らせば
一つ一つに空や緑

右田邦子

雪原のように
ソバの花が
広がる
遠く蒜山《ひるぜん》三座は
青く雄大

松本葉子

裾野を
取り巻く
すすきの原
頂上は見えずとも
富士の偉容

福家《ふけ》貴美《きみ》

うつむいた
心を
真っ白な
山なみが
立ち上がらせてくれる

鳥山晃雄《てるお》

ひろせ芙美

信濃川《このかわ》が
日本一の事
信濃川《そのかわ》が
いつも隣にいてくれたこと
今、今、こころに沁みた

草壁焔太

渓流に
手を浸す
その冷たさが
奥山の
高さを語る

渡良瀬流馬《るんば》

激流を幾度
乗り越えてきたのだろう
岸岩に
必死に取りつく
大木の根の露わ

渡邊伸子

どこを見ても
命が溢れている
だから
自然界の
新入生になろう

山本裕香

三原山から
見る富士は
宙にも
海にも
浮いている

山碧木《やまあおき》　星《ほし》

遥か高みを
風が
流れていく
梳いただけの雲を
まとって

市原恵子

天草から見る
今日の普賢岳
いつも違って
ゆったり
海にひたってる

草壁焰太

渓流の
音は
ピチョピチョ
水浴びする小鳥のように
遊び続ける

赤尾　元

自然を守れ？
違う
自然が
人間を
守っているのだ

二宮信子《しんこ》

どっかり
胡座をかいた
岩手山
なつかしい父親の
懐に居るようだ

柳瀬丈子《たけこ》

ああ　吹き過ぎるものよ
　風の色
　風の匂い
　　風の声
風紋　風のあしあと

嵐　太

雪に残る
鹿の足跡追い
谷へ入れば
木が割ける
甲高い音

十五の啄木も
仰いだのか
哀しみのど真ん中に
ふれそうな
岩手の青い空

神島宏子

一行二行の間
二行四行の間
一行五行の間
風が吹いているはず
宇宙があるはずだ

山川　進

しまい込んだままの
流水模様の
薄絹
思い出させる
今朝の空

須賀知子

すべすべに
磨かれた
廊下
風が
ころがる

志村礼子

福田雅子

芝刈りの後の
青草の山に
ふわ～んと
ひっくり返れば
！　空は落ちてきそう

もといち

利根の
源流の
そのみなもとは
雨、霧、雲
の　一滴《ひとしずく》

渋谷敦子

美しい海
美しい山
美しい川
美しい花
美しいのは自然のみ

巻十六

心

相手を知り
相手を思う
思いやりは
恋と
似ている

柳沢由美子

本気で
吐《つ》いた嘘は
きっと
どこかしら
透きとおっている

永田和美《なごみ》

他人の不幸を
悲しむのは
善意や優しさでない
私が
幸せなだけなのだ

戸水　忠

惜しくて
号泣するほどの
敗者であれば
魂は
勝者に値する

髙橋美代子

吉川敬子

人に対して
ではない
誠実で
ありたいのは
自分にだ

宮川　蓮

わたしの最奥は
暗闇で
光だけがあった
宗教はなかった
それが、わたしの真実だった

おふく

かかえた
怒り
歌にぶつける
がりがり書いて
ぶっちゃく

紫　草子

すべては
思い通りに運んだ
あとは
己れの心を
純粋にするだけ

磯崎しず子

野坂昭如さんが
「蛍の光」が歌えないように
夫は
「赤とんぼ」が歌えない
心に浮かぶ情景があるから

渡邊伸子

小花模様の
和紙封筒
一束買っただけで
心が春色に
染まる

水上　光

五頭山の
雪の上
大の字に寝て
青空を
抱く

こころ

心の
鎧を
ぬがすのは
唯一
「こころ」だよ

島田正美

古刹での
座禅よりも
なぜか
無心になれる
草むしり

高樹郷子《さとこ》

惚れると惚《ぼ》けるが
なんで同じ字なんだろう
そうか
惚れるって惚《ほう》けることかも
でも　惚《ぼ》けて惚れたら大変だ

戸水　忠

謙遜と言う
美徳はない　が
恥じる　と
言う
美しさ

永田和美《なごみ》

私は
花にもなれる
風にもなれる
あなたにもなれる
だから　生きていける

鬼が
逃げていく
憎むことを
やめた
時

岡田幸子

目尻は
下がるのに
口角は
上がっている
笑顔っていいな

木下美津子

容積　∞《ムゲンダイ》　質量0《ゼロ》
解剖できない臓器
〝心〟
人工知能には無い
〝ソフト〟

長岡侘助

アルバムの中の
とっておきの笑顔
一度でも
心底人を愛してしまったら
できない笑顔

松山佐代子

ゆうゆう

本当に恥ずべき事に
気付いていなかった
恥ずかしさ
私の知らない目が
嗤っている

島田正美

正義と
正義の
対立
正義には
思いやりはないのか

松山佐代子

りんご
ひとつは淋しくて
ふたつでは競い合いそう
赤を静めてから
みっつ置く

仲山　萌

イジメの非難が
加害者に向かず
現場の対応に向けられる
ああ
またか

真っ白な心に
色々な色
重ね重ね
黒くくすんだ心に
また白を重ねて

中澤麻祐子（中二）

こんなに
褒められて
心が
一年分
温まる

柳沢由美子

温かい人に逢えば
すぐ温かくなる
人は
心の
変温動物

金子哲夫

月明りだけの部屋で
一人　静かだ
影絵と光の中で
見えない心も
見えてくる

萩野千鶴子

やさしい人に
なろう
取り敢えず
一人ぼっちでも
何でも

大浜香乃

心の底から
人を褒めるとき
褒められる人より
褒める人のほうが
なんだか嬉しそう

吉野川芽生（中二）

真昼
ふっと
時が止まったような
孤独には音もない

二宮信子《しんこ》

夫に
謹慎をくらった少年が
新婚旅行で
夫の好物を買って来る
心と心なのだ

詩流久《しるく》

村岡　遊

本心を
さらした後の
清清しさは
甦るための
第一歩

橘　美恵

まっ青な海を
映しているかのような
愛猫の眼に
人を憎んだ心を
恥じ入る

山崎　光（高三）

目は二つ
耳も二つ
鼻も二つ
でも
心は無数に

遊　子

自分で選んだ
寂しさだ
抱いてやらないと
もっと
寂しくなる

永田和美《なごみ》

わたしのうたは
わたしのため
わたしを
こころから
よろこばせたいのだ

おふく

怖いものが
なくなってきて
口が勝手に
しゃべりだす
「嫌なものは嫌だ」

伊東柚月

愛なのか
プライドなのか
くれてやると決めたとき
ガラスに映った
私の顔は綺麗だった

塚田三郎

今日までと
今日からが
端境《はざか》う
今日を
肯定する

河田日出子

お腹が
ふくれにふくれて
赤児が産まれるように
心臓がふくれて
言葉が産まれる

柳瀬丈子《たけこ》

ことば　ことば
口籠って
つまずいて
こころは熱く
奔っていくのに

葉　翠

ばぁばは親ではない
ならば
孫達《きみ》を
幸せに導く
神になってみよう

荒木雄久輝

ひとに
優しくすると
自分も
しあわせに
不意打ちされる

ナワスィー

海のような心を持ちたい
どんなに揺れても
すべてを飲み込む
そのまま流れて行く
そのまま生きて行く

中山まさこ

「不動心のコツ」38万部
「平常心のコツ」25万部
みんな
どれだけ心乱して
生きているのよ

大本あゆみ

悪口には
いろんな感情が渦巻く
腹立たしさ・嫉妬・同情
優越感・不快感…
だから
言いたくなる

今田雅司

詩は弱い者の味方
だから僕はどんなに
傷ついたっていい
そこから巻き返す言葉が
僕の生きてる証

永田和美《なごみ》

生まれてきて
よかった
こんなに深く
理解される
ことがあるなんて

鮫島龍三郎

宇宙の過剰が
この体
体の過剰が
この心
心の過剰がこの歌だ

遊　子

心変わりが激しい
私だが
死んでも変らない心が
ひとつある
母心　だ

マイコフ

賑やかな三人組
ひとり帰って
真面目な話
もうひとり帰って
深い溜め息

桑本明枝

「負ける」しか見えない
弱さを抱えた私の子
それを超えていけとは言わない
その中で気持ちよく
生きていってくれ

中野忠彦

夢中に
なっていると
未来の
空気を
吸っている

鬼ゆり

底辺を
舐めた
者は
美しく
強くなれる

鮫島龍三郎

何が幸せか
って
心とこころ
ふれあう音
聞いたとき

両眼の
手術も成功
良く見えて
心の眼《まなこ》
開かにゃ、あかん。

いしづかとみ

テストの採点で
×をつけるたびに
自分の心も傷つく
人を評価するということは
そういう覚悟を背負うこと

磯　純子

ひとり住まい
なのに
諍いがある
自分の
弱い心との

宕屋独釣人《ごやどくちょうじん》

誰かに
何かに
惹かれる
それは心が
そっと被る若さの帽子

秋葉　澪

吾木香　俊

肩
背中
そして横顔
哀愁が漂う場所は
いつも無防備

福島吉郎

雪の
一本道
譲って
心は
温か

川岸　恵

好き
うっすらとだけど
その気持ち
抱きながら
眠りにつく夜

綾　和子

両方の
乳房をとる
原っぱになって
春が
来た

ひろせ芙美

医院に付添い中
〝一生忘れませんから〟と
えっ　三分前の事
あなたさま忘れてるやん
でも　心　ほっこり

雅《が》流《る》慕《ぼ》

言葉の
楔
打ち込まぬよう
唇を
噛みしめる

吉川敬子

涙よ
君が好きになってきたよ
心ふるえる度
じわり湧く
君の尊さに

三好叙子《のぶこ》

最後にのこるのは
尊敬心
とうとう
揺るぎないものを
得た

こころ
と呟くと
心のこえに
耳は
傾く

水源《みなもと》　純

水晶についた
傷が
虹色に輝くように
心の傷も
また

風祭智秋《ちあき》

全身を
姿見に
己のみにくい心
写ってはいまいか
と

かんな

友が
死んだ日
新しい友を得た
夜が
泣いている

草壁焔太

田村二三子

見せたい心も
届けたい
思いもなく
雪の下で凍っている
花　なの　わたし

作野昌子

信じるという
言葉は
少し哀しい
小犬の濡れた
眼のようで

永田和美《なごみ》

何でもない私が
贈りものを
もらいつづけている
よく
生きなければ

佐藤沙久良湖《さくらこ》

静まり返る聖堂
席も離れて
声も出さずに…
本来、祈りは
こうだったと知る

人は
その一言を
胸にストン、と
落したくて
「ほんと？」と言う

田代皐月《さつき》

最後の仕事
やもしれぬ
心は清いか
全霊で
真向かう

吉川敬子

貝殻で
海を量るように
狭い心で
他人《ひと》の
心を計ってしまう

田代皐月《さつき》

巻十七

思い

菅原弘助

もの思い　と
雪は
永い愛人関係
生と死の
狭間に輝く

吉川敬子

ああ小さい自分だった
と
山の空気のように
本のことば
吸い込む

戸水　忠

本を
読んでいるひとの
会話は
何気ない言葉も
心地好い

庄田雄二

あなたとは
意見が
合わない
だから
尊重したい

未来が
わがものになれば
白骨死体に
何を
してもらおう

草壁焰太

他人だから
仲良しに
なれる
気楽さが
ある

江田芳美

壊れた心を
そっと抱き締めて
なんとか生きる
それが
罪か

唯沢《いざわ》　遥《はるか》

何も無かったように
消されてゆくだろう
私の足跡
それでも
波打際を歩く

髙橋美代子

世古口　健

〈神は「光あれ」と言われた。
すると光があった〉
って
だれが聞いたんやろ
だれが見たんやろ

芳川未朋《みほう》

病
癒えて
わたし以上の
わたしが
返ってきたとさ

ゆう子

自分の創った
歌に励まされる
自分がいる
そこに
真実が見えるからか

秋川果南

ひとりに
なるのが
こわかった
独りに
なるまでは

兼子利英子

教えは
毛穴から
入るものという
理解
ではない

一歳

人は誰も
心の裡に
神を蔵している
古人はそれを
心神《たましい》といった

草壁焰太

亡くした人の
数ほど
花びらが
舞う
空の川

旅《りょ》卯《う》

僕の考えは—
それとは違って—
「君の考えは聞いてない」
なるほど、
これが新興宗教か

もうすぐ
大悟するぞ
と
猫に向かって
言う

那田尚史

一番に愛される
存在でありたいと
私でさえ思う。
ましてや
子供なら

山野さくら

見たことしかない
天辺の匂いを知る
男だ
共に往くしか
ないだろう

稲本　英《あや》

生命《いのち》に代えても　と
思えるほどの
存在が
私を生かす
人類を生かす

永田和美《なごみ》

たったひとつの
答えを探してきたが
答えは
たったひとつ
なのだろうか

柳瀬丈《たけ》子《こ》

ひとは
誰かと
共にあっても
どこかで
独りを生きている

吉田節子

沈黙は金など嘘
語らねばならぬ
晒さねばならぬ
思いの底
光るまで

吉川敬子

中途半端に
よいものは
ねたまれる
本当によいものは
ねたまれることすらない

リプル

心に
傷を
残さぬよう
脳を
破壊した

岩瀬ちーこ

語りきれない
物語ひとつ
いっそ
一切
語るまい

鳥山晃雄《てるお》

出会えて
よかったと
思われる人に
なりたい
私のモットー

柴田夏綺（高二）

全身で
泉を呑むようだ
青空に透けた
千のみどり葉を
仰げば

西垣一川《いっせん》

私が
果実だとしたら
白く
静かで
ありたい

柳沢由美子

創りながら
壊している
ほんとうの姿が
まだ
見えないから

永田和美《なごみ》

自国第一で
幸せな星には
なれない
うたびとはその
対極を歩んでる

吉川敬子

年齢とは
自分より年下の
犯した罪は全て
年上の責任
馬齢を重ねる

宮治　眞

小山白水

花火は
下から見ても
横から見ても
丸いという
丸の本質

ざしきわらし

タフなだけでは勝てない
うまいだけでは勝てない
強いラグビーチームには
哲学者が
確かにいる

眞　デレラ

神の
名の下に
我を通した標
旗を瓦礫の上に
立てる

鳥山晃雄《てるお》

美しい夢の
先導が
なければ
現実も
あり得なかった

柳沢由美子

一途に
向かうものがある
これ以上の
幸せを
知らない

酒井映子

あれは
ホールドアップと
同じ動き
私は
万歳はしない

金沢詩乃

死に際に
香りを残す
真の
個性とは
そういうもの

葉　翠

人間を動かす
言葉とは
真実であること　と
人間臭い言葉であること
これに尽きる

柳沢由美子

朝に
生まれ
夜に
死す
一日ずつの命と思おう

中野忠彦

不思議が
わかれば
不思議が
消える
ふしぎ

とことん　とん

親も子も
選べないけど
友は
私が選んだ人
ありがとう

旅　人

言葉が
収まるときは
カチっと
鍵穴に入る音が
聴こえる

男だから
女だからと
壺のような人生
密閉したまま
終わらせてよいものか

鳴川裕将

圧倒的な
権力を持った
お人好し
そういうものに
私はなりたい

大島健志

自分のすべてを
知っているのは
自分だけ
そのことに
胸打たれる

柳沢由美子

人類の滅亡を
よしとする
しかし
しかし、はある
しかし、がある

山川　進

いつも
部分しか
見ていないのに
全てを
思う

草壁焰太

通りすがりの
優しさに
よく助けられた
自分も行きずりの
風のように在りたい

金沢詩乃

敵を
見誤まっていた
やつは
私の中に
いた

井上澄子

自分で決断しなければ
いけないのだ　と
気が付いた
そこが
勉強の始まりだった

葉　翠

自分は
絶対に
間違ってないと
思い込んでる時点で
すでに間違っている

水源《みなもと》カエデ（高二）

夜通し
思い続けて
とうとう明けた
朝の
貌

雅《が》流《る》慕《ぼ》

自分の
期待に
応えられるのは
自分
だけ

永田和美《なごみ》

夢中で育てた子供ら
大人になり
親になっても
私はまだ
夢の中です

田村二三子

奥響《おくひびき》　賢《けん》

こんなにこんなに
下向いて
書くのも
人間の感情らしく
たまには良いか

水源《みなもと》　純

虹の彼方は
とおくて近い
あのひとも
とおくて近い
ここ、と思えるから

ざしきわらし

事実の積み重ねが
真実だと思っていた
間違っていた
事実は断片
真実は本質

樹《いつき》　実《みのり》

我
五十にして
天命が
無いことを
知る

柳沢由美子

毎日更新する
一歳の
歩数新記録
生き物の崇高を
見るよう

安川美絵子

過去を
引きずりたくない
でも
1ピースでも欠けたら
私はここにいない

風祭智秋《ちあき》

まだ
解明されていない
古代文字が並ぶ
きっとどこかに
「愛」が隠れてる

山崎　光

私に
ほんとうがない
ことこそが
私の
ほんとうであった

思って
思って
思ったことなら
もう
私から離れない

永田和美《なごみ》

巻十八

人

中澤麻祐子（中一）

大切な人
そばにいるだけで
心から笑える
泣きそうになるくらい
大声で笑える

宮島美治子

この身が
打ちひしがれて
朽ち果てるときでさえ
人を愛で
愛される身でありたい

松田義信

ああ心地いい
あんたが
苦労人だから
私ばっかり
話している

渡邊伸子

「あの人苦手」の声に
「その人の事
よく知らないだけじゃない？」
と静かに言った
友

久し振りに聞く
友の声
ぱっと明かるくなる心
うれしいって
こういうこと

永田和美《なごみ》

いつ見ても
はっと
見直す
生きてる人
は

草壁焰太

切実な
理由のない人ほど
もて遊ぶように
死の
話をする

種村悦子

息子に先立たれた友
深い悲しみが
育て上げた笑顔が
今
美しい

髙樹郷子《さとこ》

西垣一川《いっせん》

歌を詠んで
生ききった
ひと
わたしの
標べとなる

草野　香

あなたをよく表した宝石
群青色の奥深く
鮮やかな赤や緑の光を放ち
唯我独尊
アレキサンドライト

吉川敬子

疲れきるほど
考え尽くしたことなど
あったろうか
「食うべき詩」閉じて
米、研ぐ

染川　衛

恩を蒙ることを
嫌う人が
世話したことは
執念深く
口にする

漂《ひょう》　彦龍

年毎に「死ぬ」と繰返す
旧友からのメール
悔やむかもしれない
が
今年は黙殺する

玉　虫

初対面に感じる
人の重さ
絹のスカーフのような人に
出会ったとき
よし、頑張ろうって思う

草壁焔太

とんでもない
偉い人が
けっこういる
みんな
知って死にたい

ア　ド

息子には見られたくない
細い二の腕
落ちた胸
一滴も出なくなるまで
雑巾を絞る

吉川敬子

使命に
生きる人は
死など忘れている
かのような
仕事ぶり

高岡　蘭

頭の良い人は
黙って相手の話を聴く
聴いていても　いなくても
黙って話を聴く
これ以上大切なことはない

右田邦子

降って湧いたような
残酷な癌告知にも
平然と立ち向う
夫の姿
これも美と言えよう

大森晶子

ナポレオンの辞書に
不可能という言葉は無い
トランプの辞書に
真実という言葉は無い
辞書すら持っていないという話だ

河田日出子

北海道から
『幸福駅』の切符を
贈ってくれた
恩師山高しげり先生
今、私は幸福

鈴木泥雲

美しく老いた
九十歳の上司
いたわりの目に
神を宿して
私を諭す

塚田三郎

いい人をやめると楽になるとか
そうだろうか
いい人は
いい人であろうなどとは
思っていない

津田京子

テーブルの下の
おいたの足
みんなと談笑する
爽やかな口許
二刀流使いの男

何を見せられ
何を聞かされ
あのような
ミサイル大好き人間に
育ったのだろう

樹《いつき》　実《みのり》

優しさは
老いを知らない
95歳の媼に
励まされて
帰る道

髙橋美代子

人は無限である　と
昔の人は
とっくに知っていた
私が
今日気づいたこと

永田和美《なごみ》

採血できない新人に
檄を飛ばし
腕を差し出した
先輩看護師の意気
絶対域だ

祥

福家貴美《ふけきみ》

どうぞ
まっ黒い顔から
白い歯がのぞく
炎天に立つガードマンの
涼しい笑顔

神島宏子

人を動かすのは
やはり最後は
人間力なのだろう
この人を信じてみよう
と思わせるような

旅　人

言葉に
できない想いが
真珠層のように
重なって
人を創る

村岡　遊

掘りおこされた
ダリのひげは
10時10分のまま
針が進んでいたら
怖っ面白い

よしだ野々

愛宕食堂の
オヤジが亡くなった
俺の体の半分は
あのつまらない
冗談で出来ていた

かおる

「才能が何もない」という
心遣いが絶妙の友人
「ちょうど良い、の達人」
と言うと
クスッと笑う可愛らしさ

吾木香　俊

気の利いた飲食店の
厠の前ですれ違う
見知らぬ紳士と軽く会釈
扉を開けると
下駄が見事に揃えられていた

礒貝美智江

客に
親切な店は
オーナーが
殊の外
店員にもやさしい

絡まった糸は
ただの一本だと
瞬時に
分からせてくれるような
話術

水源《みなもと》　純

点字を
読むように
野の花に
ふれる人の
幸福

長松あき子

あなたの
横顔が
好き
ほんとうの言葉が
聞こえるみたいで

永田和美《なごみ》

キィキィキィーと
歯を剥き出し
怒る
やはり私の祖先は
類人猿

大本あゆみ

見舞いに行くと
自分の食事より
猫のそれを心配する
老女の枕元から
動かぬ二匹

野崎礼子

知れば
やさしくなれる
だから学ぶ
教えてくれた人を
忘れない

ざしきわらし

お養母さん
あなたが私に
見せた懐の
大きさが
私の宝物

江崎冬華

トイレ掃除の
知的障害者と
友達になった
その懸命さと笑顔は
心も綺麗にしてくれる

よしだ野々

神を作ったのは
人
だとすれば
人こそ
神の神

鳥山晃雄《てるお》

出逢った
見知らぬ女性の
その美しかったこと！
九十八才と聞いて
百倍の勇気頂く

宮澤慶子

高みを目指す人は
自分自身を
超えていく人
そういう人
私は好きだ

永田和美《なごみ》

嘘をつく人
騙されている振りをする人
どちらも一瞬うす笑いする
その微表情を見逃さない
三人目のうす笑い

松山佐代子

嵐　太

鑿と鎚
握り続けた
分厚い手は
この、木工職人
だけのもの

磯　純子

人は
遠くから見ると虫っぽく
虫は
近くから見ると人っぽい
どちらもけなげな働き者

荒木雄久輝

天才は
正解を
求めず
新しい答えを
生む

葉　翠

トルコ桔梗色の
夕暮れを
小箱に入れて
届けたい
人がいる

晩年の福沢諭吉が
神を信じたとしても
「学問のススメ」が
世の中を変えたことに
間違えはない

山野さくら

カープの選手は
なぜにこんなに
純なのか
黒田、新井
引き際に見る
男の純情

塚田三郎

人間を
超えて行こうとする
人間たちが
人間を
引き上げていく

鳥山晃雄《てるお》

手間ひまかけて米作り
新米はまず子供や孫へ
私達は
正月から口にする
夫はそういう人

塩崎淑子

富士江

利用者さんを
父　母と思い
気に入ってもらえるようにと
ベトナム人ヘルパーさんの
眩しすぎる笑顔

井椎しづく

貴方の横顔は
とてもきれい
貴方はそれに
気づいてないみたい
気づかないでね

とりす

喧喧囂囂
（けんけんごうごう）
の字には口が十二もある
なるほどやかましく
騒がしいわけだ

草壁焔太

人はみな
王であり
女王である
品よく
しよう

永田和美《なごみ》

あこがれの
あの人を
わたしの
「ふるさとの山」と
呼ぼう

ひゅー

内田裕也氏　晩年の
弱々しい
「ロケンロー…」が
なんとも
いとおしい

秋川果南

文学座　劇団「民芸」の
劇場のロビーで
よく見かけた
陰気で知的な紳士
渥美　清　だった

水源《みなもと》　純

なつかしくて
清しい
きみの隣は
なんでしょう
花咲く庭にいるようです

鳥山晃雄《てるお》

この人は
訳もなくなつかしい
悠久の時間の
どこかで
会っているのか

こころ

含みのある
不愉快な
電話に
心よく応じる
非凡の凡人

永田和美《なごみ》

ことばを頼りに
分け入っていく
その人の
泉に
触れたいから

髙樹郷子《さとこ》

最期に
胸に浮かぶ人は
誰だろう
愛の始まりも終わりも
もう霞の中

大本あゆみ

適当に理由を作って
スルーしてくれれば
いいのに
朴訥に断る
貴重な存在

神部和子

わがままな
人の
孤独
きつい
横顔に見る

木花正純

四人の父母を見送った
看護師だった妻は
心電図が
ゼロになった瞬間
振り向かず旅立った

南野薔子《しょうこ》

ああ
瞬時にして
わかってしまった
私などが恋うには
君はあまりにも気高い

無人駅の
待ち合い室
深い目をした老人が
彫像のように
座っている

雅《が》流《る》慕《ぼ》

「こんな私でいいんでしょうか」
と　言った優勝力士
日本語っていいなあ
人柄の良さと謙虚さ
あらためて知る

小林栄子

誠実に
生きてきた職人の
手に
降りてくる
神様

山碧木《やまあおき》　星《ほし》

こころの
奥深いところで
つながっていける人は
そんなにはいない
ひとりかもしれない

ゆうゆう

トップランナーは
自分で自分を
超えるしかない
その矜持と孤独を
あの人は抱えている

漂《ひょう》　彦龍

戦争の体験を
黙して逝く人
語り尽くして逝く人
いずれも尊い
父は後者だった

横谷恵子

ウマレマシタ
タタカイマシタ
マケマシタ
アトハタノミマス
　—ダザイオサム

鳥山晃雄《てるお》

人の心が
透視出来るなら
絶対
覗いて
みたい人がいる

松倉敏子

シャイな人は
いざとの時には
人に尽くす
そんな
気がする

塚田三郎

千利休はいう
師は
自身のなかにあると
道をめざす
その志のなかにあると

三好叙子《のぶこ》

神様に
愛された人
その声に包《くる》まれて
息が止まるかもしれない
という至福

伊東柚月

心から
感謝したとき
後ろ姿に
もう一度
頭を下げていた

嵐　太

巻十九

生活

玉　虫

久し振りに
アレルギーの鼻が
開通
パシュート選手が
通り抜けたかのよう

ひまわり

時々交じる
高い笛の音
これでなくっちゃ！
小学校の
音楽室

佐藤沙久良湖《さくらこ》

大人になっての
習い事は
辛さがない
叱られても
笑ってばかり

水野美智子

鈴生りのユズを
湯船に浮かせれば
プカプカ雛の様
「おいでー」と号令かけたり
長湯となる

野田　凛

庭に埋めた球根を
愛犬が全部食っちゃった
チューリップとして咲くはずが
犬の糞になるなんて
「物質不滅の法則」はどうなる？

雅《が》流《る》慕《ぼ》

「何でもハイハイって
云うんだぞ」
初出勤の娘に
男友達は
背中に叫んでいる

大本あゆみ

16・4・17
16・9・8
冷蔵庫の中は
賞味期限の数字だらけ
時間を冷やしている

寿柳裕子

乾燥機から出した
洗濯物に
うずまる
至福の
とき

リプル

断捨離を
心がけながら
骨董市で
また
器をひとつ

村松清美

昔の彼の名を
ググってみたら
起業して社長になっていた
パンドラの匣
開けてしまった気分

和佳子

なんとなく
さみしくなった
飲み会の
帰りに優しく
開くタクシー

宇佐美友見

「先生　生まれてきてくれて
ありがとう」
何だか変だぞ
だけど嬉しい
Kちゃんからの誕生日カード

泊　舟

別嬪さんいっぱいの
別荘に滞在する
世の人
これをホスピタルという
また楽しからずや

種村悦子

「お客さーん　忘れものですよ」
杖をかざして
店員が追いかけてきた
まるで
サザエさんのマンガみたい

悠木すみれ

ゆうパックの品名欄に
どんぐり
と書き込むワクワク感
受付のお姉さんが
ちょっと笑ったような

岡野忠弘

ＭＩＲＡＩが
納車された
あっ
ベンダーの部品を見つけた社員の
にこやかな表情

塚田三郎

カープの負けた日
広島の先輩から
メールがきた
〝せわーない
カープはこれでまた強くなる〟

窪谷　登

医師の言われるまま
義歯を作るはめに
予算オーバーの高額に
歯ぎしりも
出来ず

三好叙子《のぶこ》

気を緩めると
心が
大の字になりそう
居心地のいい家
いつかは去る家

井戸喜美代

前歯が一本かけた
老けてきた顔が
一層貧相になって
ニコーッと笑えない
「モナリザ」擬き薄笑い

失せ物を
見付けた時の
ああ、あの
視界が弾ける様な
快感といったら！

NAKA

吾子を慈しむように
扱ってほしい
遺された万年筆は
すらすらと
紙面を走っています

小柳恵子

キュウリ・ニンジンいっぱい頂いて
自転車ふらふら
帰り道二軒におすそ分け
「コーヒー飲んでって」
はいはい　人間っていいね

小柳恵子

今年はキュウリの
当たり年
８本200円
Uの字に曲がった奴もいる
糠漬は私の出番

杉本雅邦

前川三重子

「これぱかりは」
男達の担ぐ神輿の
後を蛇行の
路線バス
運転手も乗客も無言

綾　和子

気楽な自由
二十四時間
丸取り
幸せを
見失いそう

はるゑ

チーン　ブブー　ピローン
ピピピ　ビービー
お風呂が沸きましたピー
家は電気製品の
ちんどん屋状態

漂《ひょう》　彦龍

冬朝
浮浪者の
鋳だらけの踵
見なかったことにして
職場へ急ぐ

森脇　一

女医が突然
五行歌の話をしたから
びっくりした
裏面に
うっかり歌の未完成

菅原弘助

黒の
稽古着ほど
美しいものはない
なぜだろう　と
見蕩れる

静御飯

夕暮れ時
見かけた
家路を急ぐ夫の背
晩御飯
手抜きはできない

大仲哲代

サロンパス
貼りたい背中に
手届かず
しみじみと
一人

村田新平

妻が
庭を眺めて
感に堪えたように口にする
「新平さんの庭！」
これ以上の賛辞はない

いそのかおり

私の足の小指は
椅子の脚に
引っかけるためだけに
存在しているような
気がする

礒貝美智江

貴女の携帯電話から
貴女にそっくりの
娘さんの声は
聞くのが怖かった
貴女の訃報

兼子利英子

どしゃ降りの
サッカーJ3応援
雨がっぱを
たたく音まで
一体感

「ドッコイショ」
スイカかかえて
父が帰ると
小学生の私
氷一貫目買いに走る

泉　ひろ子

我が家で無駄に
元気なのは
庭のヘクソカズラと
おじいさんの
大声

とりす

二時間ぶりに
鞍から下りると
体重が重い
無重力からの
帰還のようだ

福田雅子

鬼灯《ほおずき》の
笛を
奏でる
唇の
妙

岡田幸子

階段を降りる
一歩一歩にも
歌がある
と
思える日

草壁焰太

ブタの
蚊遣りを
考えた人って
天才デザイナー
だと思う

庄田雄二

秘密を
ほろっと
打ち明けたのは
この距離と
二本目のお銚子のせい

城　雅代

「パパ、パパ」
夫を指差し
幼児は言う
え〜。
和やかな笑みの夫

山鳥の郭公

良《よし》　元《はじめ》

子らが巣立ったマンションに
若い夫婦が越してきた
鶯の初音を聞くように
赤ちゃんの泣き声に
耳をそばだてる

よしだ野々

餌はコンセント
散歩は図書館まで
芸はフリーズ
僕のペットは
青いノートパソコン

梶間弘子

夫にピロリ菌が
「キスしてたんですけど」
「五才位までに
感染するものです」
医師《せんせい》ニコリともせずに

リプル

ベイブリッジの
向こうの
風力発電の羽根が
ほとんど止まりそう
おだやかな日だ

今井幸男

読経の波の上を跳ね飛ぶ
重量級の鯨だ
ドン ドゥン ズン ズゥン ズゥン
大本堂に
鳴り響く太鼓の連打

八木大慈

日暮れて
巷をほっつく
老人なんざあ
居そうにもない
俺は別だが

秋川果南

羽生結弦
稀勢の里
母というより
婆《ババ》になってる
テレビの前

芳川未朋《みほう》

新しい年号さぁ
「お多福」とか
どうよ
と、平成の
夕卓《ゆうたく》で

遠回しの辞退を
遠慮と思われ
二か月間にみかん4箱
二か所から届く
夫婦のノルマ毎日20個

生駒涼子

大浴場を
一人で楽しんでいたら
おっと危ない
裸で
迷子になりそうに

棗《なつめ》　邦《くに》

防災訓練で
救助される寝たきり役を
頼まれた
担架の耐久力テストも
兼ねてるんだって

野田　凛

何なんだろうか
介護要支援一のわたしに
与えられるサービスは
体のもみほぐしと
歩行の指導（いらねえって）

上田好春

井椎しづく

登園前の男の子
目の前の掘削機械に
仁王立ちで釘付け
工事のお兄さん
自慢げな横顔

今井幸男

お金を投入してください
お金を投入してください
と、うるさい〜ぃ！
レジのプロでしょ機械でも
お研修し直してください

窪谷　登

「熟女好き」と
Tシャツにプリントされた
若者に出会う
おじさんに
二、三日貸して

安藤みつ子

相手の窓辺に
シュッふわっ
ブルーピンク映して
上り下りの新幹線
それぞれにとび去る

色のない
日は
自分の幸運を
忘れている
日

三好叙子《のぶこ》

水の張られた
田圃の畦を
むっちりとした
お尻の
若妻が渡る

雅《が》流《る》慕《ぼ》

ガルル ガウガウ
夜の街を
ゆく
トラックの後ろ姿が
犬の顔

鳴川裕将

強面にのっぺり顔に
せみ似の顔やイケメン風
いろんな顔した車
交差して
信号待ちが楽しくなる

はるゑ

野田　凛

羽生選手の演技直前
ピンポ～ンと
遊びに来た友
「わたし羽生に興味ないねん」だと？
一人でヒマつぶしてよ

ろごす

短パンとランニングで
夕食を持っていく
「あんた寒ないのん？」
認知症は
季節も奪う

馬《ま》　一呵《いっか》

食事もトイレも
ナースさんのジョークも
背中拭きもある
優雅で贅沢な
孤独

山本淑子

足首を立てて
つま先から泥田に
沈めていく
一年ぶりだ
歓迎されてる

もろこしみきこ

私たちの
指定避難場所は
十キロ
先
訓練もままならない

三友伸子

「いんげん買おうとしていたよ」
と　告げ口したり
レジカゴのぞいて
「野菜買っちゃダメだよ」
ちょっかい出したがる夫の畑友

中村幸江

義父愛用のめがね
骨壺をまたいで
乗っている
皆クスッと笑った
一時の和み

芳川未《み》朋《ほう》

ずり下がる
ズボンを
泥の手で上げ上げ
汗。
苗を植える

アレは一番星
もう何時間
穂肥蒔きしているだろう
青田に
うす闇が溶解《とけ》る

山本淑子

脳梗塞が
足に来たのか
立ち作業はあぶない
中庭の雑草の上を
這ってあるく

桜沢恭平

「牛蒡が食べたいナー」
夫のその一言に
救われる
夕餉の献立のあれこれ
注文大歓迎！

野﨑礼子

夏祭
店支度を
終えた香具師《ヤシ》は
束の間の
三尺寝

鵜川久子

八木大慈

見知らぬ少年の
今晩はにつづいて
若い女性からの会釈
今夜は　なんて
気持ちのよい

良《よし》　元《はじめ》

入院を親類にも
話さなくなった妻
「また　入院！」の
言葉が一番
堪えるのだろう

山本淑子

何とも言えぬ
甘いこの風
暗い中にも
稲田が近いと
気付かせる

鮫島龍三郎

スーパーの開店待つ
ゾンビの群れ
生きているのは
つらいけど
まず食べよう

三友伸子

小林旭の唄
なげやりじゃない？
そこがいいのよ
ハンパモノには
たまらない

冨樫千佳子

笑いを堪《こら》えた顔同士
目が合い
鼻がふくらみ
吹き出して
結局みんなで大笑い

安部節子

無人の実家を
掃除すれば
暗がりの廊下を
からくり人形が
茶を運んで来る気配

下瀬京子

美味しい珈琲を
味わっているようだ
目の前のチェロの音色に
耳の味蕾《みらい》が
よろこんでいる

本郷　亮

育てた　甘藷
掘ってやる
ヤァー　と
土中から　産声だ
顔を眺めて　楽しんでいる

田部美登里

体操ニッポンの神業
歓呼する私
を
高処《たかみ》から睥睨する
ネコ

作野　陽

前向きな展望を描き
その実現に
燃え続ける
能力とは
この一点に尽きる

心美人《こころびと》

赤トンボ
つがいになって
タマネギの苗
移植の
手元を遮る

パンプスの音
かろやかに
隣家の娘さん深夜帰宅
どんな事があったのか
小説三ページ分の妄想

窪谷　登

都のB区役所
年頭の区長挨拶廃止
千余の職員十連休
今年は春も十連休
遊びも大変十連休

長田いくお

神社に
合格祈願に行かされる
塾の合宿。
神頼みで受かるなら
神社に住みます

水源《みなもと》カエデ（中三）

鏡の前に座る
その瞬間から
私と
美容師さんは
束の間の相思相愛

ひまわり

菅原弘助

さあ この新雪を
いかに仕上げるか
毎朝
科学と芸術の
授業が始まる

しおや敬子

秘め事をもつ
このスリル
医師から飲酒とめられた夫
夜更けに私は
そっと一缶のビールの味

於恋路《おれんじ》

20代30代40代50代60代70代
続けた
仕事
良く見ると
長いな

むつ子

お座りも嬉しい顔もして
嫌ならしない
ロボット犬アイボ
かまってかまって
育てる　のだそうだ

森脇ふさ子

いじめのアンケート
正直に
書けるわけがない
もっと陰湿を
想像《オモウ》から

作野　陽

携帯が鳴ると
銃で狙われたかのように
時が止まる
いつからお客の電話が
怖くなったのか

浮　游

ありえぬ方向に
体躯を
捻じ曲げるヨガ
さばかれる
鶏《とり》の気分だ

大本あゆみ

「一緒の墓には
入りたくない」
夫に五寸釘を打ったら
階段から落ちた
天罰だろうか？

私が臨月だった時
夫の友が冗談で
「俺に似た子を」
生真面目な夫は
「遺伝学上無理だよ」

ゆう子

財布の中に
100円玉がない
あるのは110円玉、90円玉、
とある快晴の朝の
夢

石村比抄子《ひさこ》

刺青の男たちに
囲まれた
よ〜し負けねぇぞ
サウナの
我慢くらべ

よしだ野々

怒りの波は
さんざ暴れまわって
気が済んで
後には冷たい
哀しみのさざ波

井椎しづく

さりげない
日常は
断崖絶壁に
咲く
花

菅原弘助

いちいち
可笑しい
いちいち哀しい
あー、もうスキ
いちいちいちいち

芳川未朋《みほう》

帰ったら
妻が
ハア、ハア
朝ドラの俳優に
恋をしたらしい

鳴川裕将

雨の中
バスを待つ
ちっとも来ない…
他に待つ人もない—
……——土砂降りとなる

紫かたばみ

志村礼子

あのう
シムラ君のお母さんでは？
くっつきそうな瞼
バチッ
電車の中

山崎　光

さすがに
奴隷よりは
マシだと思い込んで
生きてきた
現代の奴隷

三好叙子《のぶこ》

平身低頭の
電話対応
営業職の息子の
ひと足ひと足が
見えてくる

とりす

将来の為に今頑張れ
他人を蹴落としてでもと
部下を叱咤
何とその部下が
今の俺の上司

びっくり
じゃなくて
ぎっくり！
勝手口を開けたとたん
ヤモリが落ちてきた

倉本美穂子

堂々と
あくびをする児
あっ　うつったか
そっと　あくびの
先生です　夏休みあけ

本間佳代子

看護師さんの前で
「キスは？」と母
帰りの儀式
おでこにチューが
バレちゃった

ほりかわみほ

どんなに
独房を
共有しようとしても
そこには
あなた一人しかいない

憂《ゆう》　慧《けい》

野田　凛

田舎に不似合いな
イタリアンレストランの
開店初日
ウエートレスのおばあさんは
全部オーダー間違える

内山愛翔《あいと》（小五）

子ねこ二ひきとの
ひみつの生活。
大家さんハンターに
ねこが見つかるといけない
楽しい生活

アド

怪我をするのも
なかなかおもしろい
手足の仕組み
理解が
一気に進む

遊　子

台風一過
「待ってました！」
と
夫は
胡桃拾いに

トライが決まる
日本勝利
明日から変われる　と
たくさんの人が
そう思った

玉　虫

お寺の賽銭箱の
前に張り紙
仏さまに
かしわ手は
打たないで下さい

とりす

「何を見ても
何かを想い出す年齢」
と本にある
ありがとう
そのとおりだ

山川　進

郵便料金が変わり
通常ハガキに
一円切手の出番ですよ
前島密様
変らぬ凛々しさで

髙橋美代子

お嫁さん
三人が
並んで台所に
有り難い程の
幸せの光景

草野　香

86歳の俺が
死んだら
要介護一の妻の暮らしは…
孫の進学費用は…
うううっ

冬《とう》　石《せき》

うれしそうな顔が
できない患者に
歯科治療する
元旦に
素面の歯医者

唐鎌史行

焼き芋屋さんの
軍手が
優しく芋を掴む
お宝鑑定人の
白手袋のように

岡田幸子

転がったコップに
水を注ぐような
難しさ
反抗期への
対応

島田正美

幸せは
小さい方が
良いらしい
今日も一つ
拾ってみた

井上澄子

孫のような女医に
しかられる
認知症の夫への
向き合い方
何だか嬉しい

森脇ふさ子

とりあえず
隠ぺい
バレたら正当化
脳内国会
毎日やってる

芳川未朋《みほう》

歩き疲れて
道の駅に着くと
通り過ぎた町の方を
人が見ている
虹が出ていたのだ

福田ひさし

髪を切った日は
歩く影さえ
跳ねていて
私一人の
髪芝居

中村幸江

急に
地面が近づいた
と思った
転倒は 何故か
スローモーション

富士江

友から届く
手作りマスク二十枚
〝ゼロ円也〟と
添えてある
笑って泣いた

志村礼子

寿柳裕子

お得なのは
還元かポイントか
ｄ払いかＰａｙＰａｙか
夫が叫ぶ
「ふつうに買い物させてくれ」

小港磨子

コロナで
学校はお休み
ジジババの頭上は
運動場と
化す

よしだ野々

ここは
人との接触
十割減
俺の大好きな
秘密の浜

ひさこ

「お金持ですか」聞かれ
「ハイ」と答えたら
久しぶりに大爆笑
こんな所に笑の
種があった

滅多にならない
固定電話
セールスだ　と
目をつり上げて出ると
相手は音声案内だった

憂《ゆう》　慧《けい》

けん玉が入った音は
今
と
未来の
握手の音

秋葉　澪

朝は
大きな
てのひらを
開くように
明ける

草壁焔太

雨漏り
八代目　大工さんに
直していただく
早く
雨、降らないかなァ

三友伸子

かとおのかずこ

挨拶をしない
隣の娘と母親
ぼやく夫に
こっちからしたらと言うと
そんなの出来るかとプライド全開

村岡　遊

りんごは
孤独な
人と
交信できる
果実

酒井映子

夜
雨の音が
いつしか
ひとの囁きに聞こえる
寂しいのか　私は

山本裕香

気候よし！
ベランダに椅子出し
延長コードに
バリカンつないで
さぁ、床屋開業

嵐　太

洋裁名人のマスク作り
周囲に贈りながらも
給付金以上稼いだわ　と
八十三歳
メールも手慣れて

三好叙子《のぶこ》

そこと決めたら
たがわず行く猫道
きまって
壁づたいを行く私の道も
同じことか

静《せい》

「犬の解剖」の実習で
一週間食欲なくした私
上には上がいる
ナースの娘は
「人体解剖」だったと・・・

姫小菊

舞妓さん
伎芸天の足元に
名前のお守り
そっと置き
手を合わす

よしだ野々

むかし
ナンパで歩いた
この浜を
今は自分をさがして
歩いてる

志村礼子

ハンガーに
ブラウスを干す
風の中で
私のそっくりさんが
踊ってる

鮫島龍三郎

母が息絶えた夜
こんなに悲しいのに
腹が鳴る
みんな泣きながら
おにぎりを食う

芳川未朋《みほう》

雨粒
つーっと
フロントガラスをかけ昇って
橋の上で
雨あがる

ブックオフに本を
売ったら
二百冊二千円
でもその数千倍の
価値を学んだはず

とりす

いつのまにか
息子よりお嫁さん達の
美味しい！
が、聞きたくて
お洒落なメニュー考えてる

草野　香

昨夜の雨の
公園の水たまり
小さな魚泳いでる
どこから来たの？
小さな奇跡

鮫島龍三郎

おもむろに
新型ピストル
額に向けられ
一瞬止まる
病院入口

嵐　太

甲斐原　梢

古い階段の上から
誰かが見ている
そんな気がする
二階に置いたままの
父が座っていた車椅子

古　都

思い出して下さい
百歳の養母《おかあ》さん
御先祖さまを
どちらの　お寺へ
お移し　したのか

木村　苺

蜘蛛の巣に
引っかかった
クモ
笑ってる場合じゃないよ
アンタ

志村礼子

チャリンと
落とせば
コロンと飛び出す…
おじいさんは
「い、子だな」と自販機撫でる

山本淑子

稲に信頼されてる
心地よさ!!
足許から
立ち上《のぼ》ってくる
甘やかな匂いが　堪《たま》らない

山崎　光

もう
電気はついてるのに
スイッチに
手を伸ばす
暗い夜

萌　子

コンバインとは
何て優れものなんだろう
カフェの目の前の
田圃一枚が
コーヒー一杯で刈り取られた

田代皐月《さつき》

現《いま》、わたしを
満たす物があるなら
図書館の
無言の饒舌な
この空間

勝手に出てきて
かいて
かいて　と
順番待ちの
じんましん

冨樫千佳子

なぜかしら
いま在ることを
愛しく思えてくる
そんな
雨の夜の湯舟が好き

三好叙子《のぶこ》

ガガガガ
箪笥の頭がつっかえても
押し込まれると
飲み込んでしまう
粗大ゴミ収集車の馬力

大本あゆみ

？
？
？
？
？　変な年だった

渋谷敦子

巻二十

食べ物

芳川未朋《みほう》

いままで食べていたのは
なにんぼ？
ってくらい美味しい
さくらんぼ
いただく

幸田真理子

煮こごりの
魚の身の
ひやりとした
白さ
小匙ですくう

佐藤沙《さ》久《く》良《ら》湖《こ》

フルーツサンドの
極意は
切り口の美
温めた包丁で
スッと、おお！

水源《みなもと》　純

生が生に
含まれてゆく
蠢き
フキノトウは
胸のあたりで食す

TOMISAN

くどき上手「無愛想」は
精米歩合・22％
銘柄から伝わる
美酒の孤高
引き締めて呑む

高橋文夫

いつもの百円コーヒーでなく
ラテを勧める女店員さん
「コーヒーはブラックだよ」
と断る私を見つめ
「オトナだね…」

泊　舟

初夏の
そば前の冷酒は
武骨な土もので
黙って一人で
飲《や》る

矢崎きよ美

間の悪さ
おすそわけの
桃玄関に
又、又桃の
おすそわけ

宮澤慶子

翡翠色のきゅうり
濃紫の茄子
珊瑚色の人参
美しい色見たくて
叱咤激励の糟漬

よしだ野々

1万円もする
七輪を買ってきた
サンマ　サンマ
大間に負けない
高級魚だ

蘭　洋子

生きものの匂い
小さな手もある
熊鍋が
煮えたぎる
冬日

磯　純子

小倉あんの湯で
やすめるなら
お餅になっても
かまわない私
溶けるほどひたる

噛みしめると
じんわりと
力が充ちてくる
新米は
ひと粒ひと粒が大地

三好叙子《のぶこ》

滝が
一瞬で真っ白に
凍ったような
身がでてきた
おおきな蟹の足

三葉かなえ

あれだけあれを
食べれば
肥って当たり前
日本食は
ああはならない

柴田朗子

新居の家電を
ふるさと納税で揃えた
合理的なお嫁さん
私の誕生日祝いも
増毛町《ましけ》のジャンボぼたん海老

水野美智子

茹でた空豆は
それはそれは
見事な翡翠色
こんもり盛り上がって
長閑な春山のよう

芽ろん

「かけそば」単品は
注文しづらい
「もりそば」は
堂々と
小心者の昼飯

窪谷　登

葱一本
白、浅緑、濃緑を
柔らかな
ふくらみにする
薄切りの妙味

紗みどり

突然閉店したパン屋の
ドアに張り紙
店名『エスポワール』は
希望という仏語でした
涙が出た

青《せい》　香《こう》

宮澤慶子

小さなひと畝
虫で葉っぱはボロボロ
茄子もトマトも
期待にこたえて
艶やかに悠然と

志村礼子

小玉すいかを
軽く
叩けば
「オーケーよ」
可愛い声で

木村　苺

マスカットが
エマニエル夫人のように
座っている
もう
ふれても良い年齢《とし》になったかな

綾　和子

取り寄せた
丹波黒豆の枝豆
気がついたら
チュウしながら
食べている

茹でた
うずらの卵を
半分に切れば
茶の花の
つぶらなひとみ

福家貴美《ふけきみ》

やっぱりご飯が好き
お腹の底に
ずしんと落ち着く
隣にいる
夫のように

萩野千鶴子

白鱚《しろぎす》に
箸を入れれば
甦る
釣り船の揺れと
打ちつける　波の音

岡田道程

具がたっぷり
はみ出した
巻き鮨の
端っ子の
おまけ

綾　和子

富士江

ホッケは小魚を狙う
どう猛なハンターなんだって
やっつけ気分で
食べてやる
と　美味いの何のって

堀川裕子

今年も届いた
筍たちに
出番が来たと
大きな鍋の
高笑い

善《う》知《と》鳥《う》

ポンと破裂した
焼なすの皮
熱　熱を
アチ　アチッと
声を出して剥く

島田綺友

おいしいものを
一人で食べるのは
もったいない気がする
例えば
夕張メロン

巻二十一

災害・災禍

TOMISAN

大震災体験の
最後の児童が
巣立つ湊小学校
第143回生の涙は
溢れんばかりに

いぶやん

小晴　広夢　永遠
碑銘に刻まれた
児童達の名
三陸《リアス》の海は　今
静か

菅原弘助

千年に一度の
地獄絵を
鳥瞰図から
アップまで
ハイビジョンで観る

工藤真弓

五年暮らした
仮設を出る
二日前の
子の
男泣き

佐藤沙《さ》久《く》良《ら》湖《こ》

工事が進めば
面影も消えて
あの暮らしが
地層の一部と
なっていく

棗《なつめ》　邦《くに》

私たちを襲ったのは
本棚と建具
私たちを護ったのは
ベッドの木枠
間一髪

酒井映子

校庭に集められて
五十分
津波にさらわれた子どもたち
言いつけを守る
いい子ばかりだったのだ

角《つの》田《だ》和則

再びの震度7
まるで
ちゃぶ台返し
何度も片付け
もう嫌

余震！
なんど一緒に
飛び出したことか
避難所の人たち
素顔《すっぴん》で出逢った人たち

芳川未朋《みほう》

あっ
ゆれた
これは
震度3
皆んな気象台

内間時子

我が家に
土足で上がる
喪失感
被災を
足で感じる

影山洋子

まさか大津波が
断捨離をやったとは
思わないが・・・
リフォーム四年余り
また新年を迎える

TOMISAN

避難所の
固いだろう
体育館の床に
正座している
老人

水辺《みなべ》灯子《とうこ》

笑っていても
心が
片膝立てている
ぐらっときたら
すぐ、飛び出せるよう

芳川未朋《みほう》

のしかかられて
目が覚めた
誰かと思えば
タンスじゃないか
熊本地震

眞　デレラ

親戚中へ
地震見舞い
何処も
時が
止まってる

内間時子

芳川未朋《みほう》

思い出さえ
落ちてくれば
凶器になる
アルバムを
低い処へ移す

よしだ野々

じっと見てたのは
想い出探し
店員は勧めてくる
あの日波にのまれた
同じ車

芳川未朋《みほう》

押入れに
押し入れていたモノたちが
押しとどまっている気配
開けるのが
こわい

内間時子

「さあ皆さん
これから避難します
準備はいいですか」
遊びが一つ増えた
熊本の子ども達

芳川未《み》朋《ほう》

大人も
子どもも
日毎に
かしこくなっていった
はじめてだらけの避難所暮らしで

富士江

大雨　ずぶ濡れになって
送ってくれた
若い介護職員へ
母のお辞儀が
止まらない

眞　デレラ

大地が揺れて
家が壊れ
家族が砕けた
更地が広がる
街

佐藤沙《さ》久《く》良《ら》湖《こ》

精いっぱい
生きているか
数多の命が
見つめている
三月十一日

角田《つのだ》和則

弁慶の立往生に似て
七階建てマンション
車を膝に
傾いたままの
一年半

TOMISAN

今にして分かった
防災無線は
鳴らなかったという事実
頭のなかで
七年間も鳴っていた

小野寺正典

百人百様の悲しみがある
百人百様の苦しみもある
百人百様の小さな喜びさえある
だから
「被災地」で括るな

渡良瀬流馬《るんば》

震度5の揺れ
空中ブランコの
恐怖味わったと
ビル高層階
窓拭きの男

角田《つのだ》和則

復興への道を
歩める人
歩めない人
格差は広がり
やがて置き去りに

HIKARIKO

どーんグラグラ
辺り一面かき回され
生きる価値観吹っ飛んだ
外に飛び出す
震度6の朝

おても

天井も壁も床も
ドドドドドーンと
崩れ落ちた
一瞬の出来事
地面の下の怒り

金沢詩乃

衝撃
のち
暗転
震度6強の通知のみ
青白く光る

藤内明子

何ごとも
無かったように
どうして生きられる？
十五万の人が
故郷を去ったというのに

橋本隆子

この街に
不似合いな
広い道路
通り過ぎるのは
強い風

萌　子

復興してゆく町並みを
高い所から
見下ろしている
出来上がるのは
知らない町

小野寺正典

震災遺構が
観光の目玉になる
割り切れない
魂の肉片を
残したまま

美しい海の
景色を遮る
壁の建設
葛藤に苦しみながら
槌音が響く

天河童

我が家を
立ち退かせて
復興道路完成
車が
ビュンビュン通る

田代皐月《さつき》

たくさんの魂を
飲み込んだ
海の高堤防の坂を
幼子達が
無心に駆け上がる

小野寺正典

「地球さん
台風ばかり太らせるのは
やめとくれ」
「エッ、肥料与えてるのは
人類達《あなた》でしょ」

いぶやん

芳川未朋《みほう》

ハナシの
通じない
怖さ
ウイルスは
交渉の席には着かない

TOMISAN

世界的流行《パンデミック》となり
集団感染《クラスター》を含め
爆発的患者急増《オーバーシュート》に
首都封鎖《ロックダウン》も有りか
TOKYO2020は延期となる

リプル

濃厚接触から
濃厚セックスを
連想する
俺も俺だ
なさけない

永田和美《なごみ》

大相撲も
卒業式も
発表会も
桜も
無観客という　春

芳川未朋《みほう》

お父さん
百年に一度のやっかい
そっちでくわしく話すから
で、十三回忌は
延期です。

はるゑ

人通りのない
大都会
スクランブル交差点の
縞模様
くっきりスッキリ

田川宏朗

COVID-19に
喝采している
海
山
空

天河童

心が
黒く変色し
屍も黒くなる
だから
黒死病といった

すべて元通りに
とは望みません
ピアニストが
ピアニストに
戻れますように

中島さなぎ

巻二十二

夫婦

井戸喜美代

湯上りの
柔らかい妻の爪を
夫は
睦言を言うように
やさしく切る

萌　子

責任という
衣を脱いだ
夫
私だけの
ものになる

香川由美

ねぇ結婚五十年で
いちばん良かった時って
いつだったァと聞けば
即答「今」……
心にジーンと沁みる

渡邊伸子

さりげなく
事に誠を込める夫
この心にずっと
護られてきた
私だったのだ

病床の妻の
視線の先は
パンジー
その黄は
太陽よりも明るい

馬《ま》 一呵《いっか》

一人の時は入らないで
入っているときは歌を唄って
酒を飲んだら入ってはダメ
そんなに心配なら
一緒に入浴したら

浮游

夫を亡くして
繋がれたまま
雨に打たれている
馬のように
寂しい

小原淳子《おはらあっこ》

癌の手術をした
亡妻は
私が寝た後で
千羽鶴を折っていた
ずっと何も言えなかった

金子哲夫

田舎町の小さな店
向かい合って
オムライスを食べる
嬉しがる夫が
可愛いのなんの

蘭　洋子

霊体になった
あなたを
偲うとき
愛《かな》しさつのる
生身が重たくて

佐々木エツ子

バスタオルを
巻いただけの妻が
癌湯治の
湯けむりの中で
「私の旦那さん」を歌う

金子哲夫

「散骨は海がいいな」
「ホホー泳ゲモシネデ
オボレデ
マダ死ヌ気ダガ」と
夫

雅《が》流《る》慕《ぼ》

福田雅子

地元のツツジ祭り前
絡んだ葛の蔓を
一人で刈り取った
夫にあげたい
緑綬褒章

大村勝之

私の
病に
妻の優しさが
一番
効く

三友伸子

「ホトトギス
　聞いたよ」
夫は畑で
私は家で
五月二十三日

門田りよ子

術後のベッドの傍らに
夫の寝息
「まだ　居たのね・・・」
その横顔は
やさしさの塊り

狂っていると言うがいい
死んだ夫の
ベッドに寝て
背中を抱いて
もらっている私を

小原淳子《おはらあつこ》

七回忌の集い
悲しみを越え
やっと妻は
長押で
遺影の人になった

木花正純

オッケーGoogle!
聞いたことない
明るい声
スマホに
話しかける夫

中島さなぎ

寂しかったやろって
抱きしめてくる
ふふっ
寂しかったよって
素直に言えばぁ

川原ゆう

鈴木泥雲

入院
十日程で
家の様子を
すっかり忘れてしまう
妻のあわれ

平間都代子

75才で退職の良人
娘と猫と私に
これから
宜しくネなんて
こちらこそ

金子哲夫

「必ず治るからと
哲氏泣く」
癌死の
十日前
妻の日記抄

和からし

下心が
出来心になり
恋心になって
今は
親心

出会った頃の
あなたと
同じ歳になる息子
仕草だけじゃなく
優しさも似て

黒乃響子

「女房の誕生日なんです」
出前帰りの
魚屋の亭主の手には
いつもの岡持と
今日だけのケーキ

漂《ひょう》　彦龍

今度生まれかわっても
またあなたを好きになる
と　火葬場のスイッチ押した
立ち上る灰色の煙
ひとり見送る

小林栄子

強制されて一泊旅行
はっきり　すっきり　富士山
部屋の前には海
コートもいらない行楽日和
満足度200%超え

三友伸子

一人静

三重県松阪市
古きを温《たず》ね
二人静かに　歩きたい街
病院の隣には
本居宣長記念館が在る

白河つばさ

定年退職後の夫
定例のゴルフと飲み会を
楽しみにしている
私より若い女性が一人
メンバーの中に

見山あつこ

「おやすみ」と
妻の寝室へ
扉の隙間からのぞく
夫の手は
今夜も合掌の形

衛藤綾子

慣れない副業《しごと》を
終えて
真っ赤に日焼けして
帰ってきた夫
涙が出そう

菊地牧子

一緒の墓に入れないで
遺言だったのに
洗足池の畔《ほとり》に
海舟と並んで眠る
妻は何思う？

宮﨑豊子

喧嘩しない
程度の夫婦なのに
片方が弱ると
優しさが
あふれ出る

佐々木トミエ

私の夢でも
見たのだろうか
隣のベットで
夫が
うなされている？

山田逸子

コロナがなければ
書くこともない
夫への手紙
入院中の夫へ
ほんの少しの愛を込めて

城　雅代

二十三回忌を境に
ほろほろと崩れ落ちた
亡夫の靴
もう良いのか
…な

藤本肇《もと》子

アメリカの第一主義
都民ファースト
母も私も家族優先でやってきた
いま夫は
肇子ファーストでいけと言う

馬《ま》　一呵《いっか》

あれから
もう十年も
たったのか
箱は白木で
軽かったなあ

寿柳裕子

「うちは子どもがいないからね…」
と
言えば
「バブー」
と夫

「又来るからね」と
病妻の手を
握る
目に愛の
涙………

済木庸人

結婚三十五年を機に
これからは
腹心の友に
と言うと
妻だけで十分とのこと

静御飯

夫の寝顔は
病という
悲しみの
光の中で
とてもやさしい

小原《おはら》淳子《あつこ》

新婚の妻と歩いた峠道
柿の木にふたつ
赤い実が残っていたっけ
昔語りを共に覚えている
喜び

富田浩平

蘭　洋子

『洋ちゃん!!』
倒れたわたしに
つきまとう夫
いいから早く
病院に連れてって

村田新平

庭で手を振ると
室内の妻が
手を振り返す
リハビリを頑張って
また庭を歩こう

安藤みつ子

先に逝きたい？
それとも後がいい？
えっ？・・・・・ふと
彼に聞いてみる
午後のお茶

菊池利典

「一緒に帰るー」
施設入り四か月の
老妻の口ぐせ
「うん　明日は…」
老夫の口ぐせ

喧嘩しないでねと
義父
喧嘩しなさいよと
母
愛のアドバイス

寿柳裕子

唐突に夫の
労《ねぎら》いの言葉に
うろたえる
あなた様は
何か悪い事しましたか

宮澤慶子

抱えきれない程の
遺骨に
見えたのに
私の腕の中で
納まっている夫

北原雅子

淋しいから降りてきてぇ〜
妻からの電話に
パソコンを閉じ
ほいほいと
降りて行く

村田新平

谷　流水

午睡する
妻の耳元で
愛してると言ったら
親指を立てた
狸寝入りだ

安藤みつ子

「フェデラーと一緒に僕も
頭の中でテニスをしているのさ
僕の思った通りに彼は動いている
だから強いのさ」
「あなた進む道を間違えたわね」

内間時子

化粧しながら
鏡の中の
夫に
話しかける
今日は休日

静御飯

夫の書き順、一一人
素敵に仕立ててもらった
ポストカード
を見た夫の第一声
一一人頼みだもんね、誰かさんは

大村勝之

妻が
優しいから
私の
歌も
優しい歌になりました

遊　子

恋人が
夫になって
パパになって
おじいちゃんになって
また恋人になる

村田新平

高校時代の
マドンナが
八十九歳の
媼《おうな》となって
傍らにいる

静御飯

初めての骨折
治療をしてくれる
夫の指先に
このドキドキごと
身を委ねる

菅原弘助

妻の実家の
老猫がいきなり
胡座に入って来た
胸が熱くなった
結納の日

窪谷　登

夫婦間には
甘えがある
それを
許しあえない日がある
それが今日だと妻が言う

村田新平

苦しむ背中を
擦り疲れたぼくに
よくツボが分かるわねぇ
新平さん　凄い
と　妻はあやすように

ひろせ芙美

二十四時間
一緒に居て
ダンナは超満足そう
あんたはこれが理想だったんかい
ふ～ん　今だけかもよ

母を恋うように
わたしを
見つめて
逝った
夫

小原《おはら》淳子《あつこ》

一緒に居るからこそ
壊れることもある
それでも
一緒に
生きてゆきたい

いぶき六花

何で喧嘩を
しているのか
途中で
忘れてしまう
老夫婦の特権

窪谷　登

大分で結婚して
夫の転勤で
巡り巡って
十箇所目
大分で銀婚式

寿柳裕子

村田新平

姿の見ない
ぼくを探す妻の
声の必死さ
どこから
あんな声が出るのだろう

パンとあこがれ

昨日まで
他人だった人と暮らす
男と
女の
不思議

村田新平

目を瞑り
肩で息をしている妻が
薄目を開いて
「シャツ裏返し」
え？　ほんとだ

良《よし》　元《はじめ》

面会は許可されず
引き返す車に
妻からの着信メール
病室から父さんの赤い車
見えてたよ　ありがとう

鈴木理夫《まさお》

ハンニャと
オカメのお面
妻は巧く使い分けるが
私はいつも
ヒョットコのまま

巻二十三　女

相手の立場になって
ものを
考えられない女
自分の内側に
目玉がついている

HIKARIKO

ふいに
柔らかいものに触れて
目が覚めた
私の乳房だ
尖った心の上にある

かおる

「女子」とは
未成熟な
女のことかしら？
青春時代が
長引いている

和佳子

鉄女
歴女
キャリア女
憧れは
手弱女《たおやめ》

河田日出子

うたたねの腋下《えきか》から
白蛇ひんやり
忍びこむ
目醒めれば
濡れている

紫野　恵

独身の娘が
他人の子を　抱き
這いつくばって
おもちゃ片手に
話しかけている

種村悦子

決して美人じゃないけど
この枕詞
奥が深い
可能性をちりばめた
無限のことば

ゆう子

見栄を張ってでも
演じてみせる
満ち足りている女の微笑み
女たちの
お喋りの輪の中で

姫川未知絵

泣く
黙る
饒舌
ウソを隠す
身近に居る女性の術

窪谷　登

歌会で自分を
曝け出した夜は
抱き留めてくれる
男が
ほしくなる

瑠賀まさ

一年坊主に
歳を聞かれて
口ごもる嫁
とっくの昔　姑《わたし》が失くした
女の恥じらい

小港磨子

白が滴って
足の指に
落ちて来るような
女
清らかさに火傷しそう

草壁焰太

息子の結婚式場を
一番最後に
ひとりで出る
抜け殻になって
風に吹かれる

山野さくら

乳房を自由に
遊ばせて
外出するときは
ギュウギュウ詰める
「早く出して」と帰り道

かずみ

女《わたし》たちは　みな
母を
内包している
廃墟の中からだって
産み出せるんだ

宇佐美友見

足袋を脱げば
赤いペディキュア
嘘つきの躰を
湯に
沈める

紫野　恵

城　雅代

唇からこぼれ出そうな
言葉を押さえ
聞き上手をめざし
ぐったり疲れた
女子会終る

悠木すみれ

女という
本来の幹はやせ細り
娘　妻　母
の枝葉だけが
強く太く伸びてゆく

和からし

美人は
得をする
「美人税」を導入すれば
みんな進んで
払うだろう

小港磨子

カラリ　問われて
ポロリ　本音が
こぼれそう
長男の嫁と合わないのよ
あなたは？

北原雅子

私の尖ってる
部分は
柔らかな
胸の中に
隠してある

山野さくら

男性入居者が増えて
施設もいいと
言い出した母
ほんわかの気持ちは
いくつになっても

於恋路《おれんじ》

「女って
本当に短かいよね」
娘が
ポソッと
つぶやく

上田貴子

自分のものにできないのなら
いっそ
その死を願う
というのは
女の領分か

おお瑠璃

纏うより
美しい
混浴で
出会った
ビーナスたち

紫野　恵

キュッ
キュ
締め上げ
絹鳴り
美尻と言わせたい

村田新平

若い頃は
久我美子に似てるって
言われていたのよ
と　老妻が娘に語る
ふうーん

平井千尋

「女は血の道があるから
汚いんや」
五才の時に言われた
母の言葉
もう　セクハラが始まっていた

山本富美子

人に触れぬように
生きていた
人に触れられぬように
息していた
女体に火がつかぬよう

村岡　遊

悲鳴　溢れる血　羊水
女のすべてが
ぶちまかれる分娩台
「女はソンや」
助産師の友は断言した

川岸　恵

風呂中の電話
友はいいけど
さすがに
息子は
気恥ずかしい

富士江

カレシ出来た？
と　聞いただけなのに
急に素っ頓狂な瞳になり
ピンポン玉みたいに
跳ねてった　彼女

ともひめ

「ママさーん」と洗い物しながら
台所の引き戸を
足で開け呼ぶ嫁の
バランス感覚と肝の太さに
あっぱれ

仲山　萌

その男の前でだけ
柔順な
品《シナ》を作る
女の
さもしい滑稽

紫野　恵

あなたの愛を
身籠ったあの日から
嫉妬という
悪阻に
苛まれている

稲本　英《あや》

ほんとうは噎せる程に
愛されたいのだ
終わりかけの薔薇に
触れながら
思い知る

野田　凛

孫守り中
泣きやまそうと
おっぱいを吸わせたと
全員が告白
老婆たちの茶話会で

福田雅子

次男のお嫁さんに
譲り渡す
真珠のネックレス
さりげなく
賄賂の輝き

井上澄子

娘の姑への
不満を
嫁の私に
告げる義母
みんな女

芽ろん

向こう側まで透ける
夏の
絽の着物美人
見惚れて
すれ違う人も涼しげ

何者でもなかった
と 悟る。
ならば
最後に残るのは
女であったことか

葉　翠

娘の妊娠を知った夜
キュウーン
乳房が張る
母性は
たっぷり残っている

大本あゆみ

女はずーっと
腹ぺこなんです
もらっても、もらっても
愛に
浸っていたいのです

安川美絵子

「故郷に帰って
やり直す」なんて
女は言わない
自分自身が故郷だと
知っているから

宇佐美友見

銀《ぎん》　桂《か》

今度生まれてくるときは
もっと美人に
もっとスタイルよく
要するに
女に生まれたい

石川珉珉

女を捨てた
と
言いながら
密かに
女を楽しむ

仲山　萌

その夜
鏡に映った私は
見たことのある
見知らぬ
女

松本葉子

男の恋は
句読点があり
女には
それがなく
延延と続く

息子を呼ぶ
甘えた女の声
感情も
欲求も
すべてくるんで

かおる

口紅を
替えて
母から
女に
なる

綾　和子

目を閉じ
呼び起こす
あの
瞬間があるから
女でいられる

美《び》伊《い》奈《な》栖《す》

ウエストを
きゅっと　絞って
誰に差し出すのか
少女は
花束のよう

宇佐美友見

もしも地獄に
行くならば
閻魔の
妃に
なってやる

冨樫千佳子

捌いた
男を
器に並べて
骨抜き加減をみる
小骨さえも許さない女

かおる

欲望の
はけ口に
なっているのに
包み込んでしまう
おんな

素《もと》　音《ね》

男が
愛を貪っている
傍らで
砕く術を謀っているのは
女

仲山　萌

巻二十四

男・男女

片思いばかりを
持ち寄ったみたいな
集まりに
見えてきた
男子高校の同窓会

深見　犇《ほん》

男の死に場所は
北の漁場《りょうば》
人間どうしの
けちな恨みつらみでは
死なない

鳥山晃雄《てるお》

エクスタシーは
届こうが届くまいが
手を伸ばした
慾望の筋肉のなかに
忽然と！

下瀬京子

男と一緒に居て
二十四時間
完全自由がほしい
女性たちの
無謀な憧れ

中野忠彦

岡田幸子

男同士の
火花は
赤くて熱い
女同士は
青く冷たい

窪谷　登

酒癖の悪い男
散々母子を泣かせ
ついに離婚される
泣き上戸に変わった男と
今、居酒屋で深酒中

島田綺友

すべての男は
女のなりそこない
その証拠に
乳首が
あるではないか

金子哲夫

男を溶かす
湯の川の水底には
溶けた男の
金歯が
光っているという

男の大部屋病室
無口でよそよそしい
耐えかね、『お早う御座います』
何故か、シーンと
沈黙

鮠《はや》　人《と》

無口で
影の薄い男だった
それでもいなくなれば
女一人
途方に暮れる

山野さくら

娘の夫婦喧嘩に
続いて
孫の夫婦喧嘩
〝合わせ物は離れ物〟と
じっと見守る

さくら

「こころ」の先生
ハムレット　光源氏
書物のなかに留まりおれよ
めんどくさい
男たち

三隅美奈子

メイ

会った途端
決闘が始まり
泣き喚く男子達
その横で
静かに食事する女孫

冨樫千佳子

男の子の子育ては
時として
汚い言葉遣いの方が
上手く行く場合も
あるのだ

吾木香　俊

記憶喪失の
振りをしてるうち
認知症になってしまった
男と女が
挙式したホテルの前ですれ違う

荒木雄久輝

こころの
奥底を
そこはかとなく
流れる
ヒモ願望

口以上に
物言う目で
瞬時に
会場を静寂にする
男の培われたもの

順　子

立派な血管ですね
なんだか
立派な男だ
と言われたよう
刺される瞬間目をつぶる

夢　助

男子はふられて
女子は別れの
相談に来る
青春の
保健室

ろごす

「蚊に刺された？
ツメで×《ばってん》つけときな」
器の大きい男性に
なってほしいという
母の思い

冨樫千佳子

ここが
本州最東端ならば
本州一
寂しき男も
ここにあり

よしだ野々

小さく見えるあなたも
ステキ
大きくばかり
見せなくて
いいのに

渡邉加代子

責任感はない
性欲だけはある
自分が一番
知っているから
結婚しない

大島健志

湘南辺りには
時々いる
スリムで黒くて
眼光鋭い
初老のイケメン

水野美智子

私ではない女を
口説く
奴の
ものいいが
良いのよねーまったく

芳川末朋《みほう》

逃げる
猫と男
の取説は
ここぞとばかりの
知らんぷり

岡田幸子

都合のいい女
だった私
都合のいい男
だったあなた
お互いさま

銀《ぎん》　桂《か》

プライドを忘れた
プロポーズ
勇み足の
男の恋って
可愛らしい

綾　和子

折り上げた
シャツの
袖口に
男の色気
漂って

福田雅子

死ぬ時は
手を握っててほしいんですって
父の最後の望みを
叶えてくれた看護師さん
本当にありがとう

ひゅー

ともちゃん入れた
コーヒーうまいなぁ
ふわっと
独り言のようにいう
ひとたらし

ともひめ

私をモノにできなかった男が
空々しく笑う
もう一押しの
情熱に欠けた
貧相な意地《プライド》

仲山　萌

巻二十五

土地・風土

高市範子

収穫間近の
伊予柑山
日が落ちても
いっとき
ほんのり明るい

赤川幸三

上見れば虫こ
中見れば綿こ
下見れば雪こ
郷愁にかられる
雪国のわらべ歌

福田雅子

ゆりかもめの車窓の
夕暮れ影絵
埠頭のクレーンは
キリンの姿で
海を見ている

杉本浩平

大宮通りの路地を
ひとつ折れ　ふたつ折れ
みっつ折れると　我が家
古都のふところにいるようで
ほっとする

瀬戸内海の
小豆島
草壁町《ちょう》があった
そして
ぼくたちの学校があった

山川　進

気づけば
三陸の魚自慢を
している私
あ、海を
許し始めたのか

佐藤沙久良湖《さくらこ》

あぁ、どこまでも
水田
水田
水田に映りこむ
旭岳だ

幸田真理子

太平洋の冬など
さざなみだ
荒れ狂う日本海を語るとき
亡母はいつも
昂揚していた

渡部道子

ともこ

うらまずに
許すのは
広島の文化なのだろう
新井も前健も
原爆すらも

ともひめ

愛媛の酒を利く
傍らで
杜氏は
やわらかな土地の訛りで
酒を語る

一人静

同窓会は
青き六月
白木五連の錦帯橋のほとり
胸の鼓動も
アーチを描く

渡良瀬流馬《るんば》

山に登った
のこぎりサメが
にかっと
笑っているような妙義
登山口に佇む

旅　人

オホーツク海と太平洋が
激しくぶつかり
咆哮する時
知床岬に
雲が湧き起こる

西部　稔

ゆく夏は
九十九島の
大落暉となり
空と海と島に
茜極まる

渡邉加代子

隣にいるだけで
会話が生まれる
下町の一期一会
いつまでも
このままで

髙橋美代子

「うちぬき」という
水が湧く町で
手漉き職人の
寡黙さが生む
カゲロウの翅のような紙

冬《とう》　石《せき》

蝦夷
藤原三代
石川啄木
宮沢賢治
北上の流れるままに

荒木雄久輝

勇猛　颯爽
疾走　的射
流鏑馬は
武者ん良か〜っ
インスタ映ゆ〜っ

芽ろん

離れ小島だけど
東京都民
小笠原の人は
不思議な感覚で
大らかに暮らしている

ざしきわらし

誰一人知らない街
知り合いは妻だけ
移住1年68歳
鮨屋さんを見つけてホッ
床屋さんを見つけてホッ

当世京都では
男の方がいけずやと
女の人が言う
男が軟弱になった証しやわと
当方を見る

杉本浩平

南三陸の宝は
笑顔
笑わせてくれる人がいることと
笑ってくれる人が
いること

工藤由祐《ゆうすけ》（小六）

田舎弁
まるだしの
暖かさは
20年ぶりの
同窓会の輪

雅《が》流《る》慕《ぼ》

坂も鉄橋も
見覚えのある
わが町だ
テレビの画面に
思わず手を叩く

玉井チヨ子

冬《とう》　石《せき》

岩手は
雨と雪が
北上の流れになって
ゆったりと
太平洋へ

かずみ

関西人の私が
山手線の駅名
何個も言える
東京は
やっぱり大都会

藤内明子

風にも
水にも
土地の匂いがあるという
だれに
奪えよう

河田日出子

～ここは東京嘘の街～
亡くなった藤圭子が
テレビで唄ってる
いろいろに言われて
可哀そうな私のふるさと

三好叙子《のぶこ》

たけのこの皮に
梅干をはさんで
しゃぶってた
ふるさと・紀州の春は
酸っぱ甘いよ

山鳥の郭公

青空の下
イワシの背が
光るように
ウィンダミア湖に
小波が立つ

水野美智子

歴史の人気者
豊臣秀吉
ギョロ目で貧相な顔
尾張中村周辺で
よく見た顔だ

高市範子

色づいた蜜柑畑に
朝日が射し始める
思わず叫んで
そして
絶句

高い天井と
広い空間に
ターミナル駅としての
誇りと気品を感じる
阪急電車梅田駅

渡良瀬流馬《るんば》

車内アナウンスで
「月島〜」と聞くと
胸奥の魚が
チャポン　ってする
隅田川に帰りたがる

井椎しづく

花泉の妹から
蕗のとうが…
おお村の匂いだ
これぞ
春だ

冬《とう》　石《せき》

巍巍たる塀の中は
旧岩崎邸
裏は
寄りすがるような
無縁坂

葉　翠

町中は
人っこ一人
歩いていません
でもこれが
普通なんです。ここは

雅《が》流《る》慕《ぼ》

新幹線で
2時間になった
ふるさと
心の距離は
微妙

田上洋治

名古屋を思い起こす
メール
味噌煮込みうどんを
無性に食べたくなった
もう四十日も離れている

岡野忠弘

「にのへ」は
二つの戸と書く
ふたつを
同時に開けたなら
風が生まれる

果《か》林《りん》子《こ》

川原ゆう

魚の群れのよう
同じ方向に
泳いでゆく車が
どんどん滲んで
雨の御堂筋

萌　子

防災無線が
鳴り響く
石巻初の
コロナ陽性患者が出ました
田舎だなぁ

八木大慈

ときに
晴れ男　と呼ばれる
でも　この地は
もともと
晴れの国

綾　和子

法皇山脈から太陽が出て
瀬戸の海に沈んで行く
手が届きそうな月が
夜空で微笑む
ふる里は小さな宇宙

松倉敏子

火の消えた
ような街が
突然
活気づいた
総理大臣が決まった日

巻二十六

社会

海

グローバル化する
日本の未来に
残したいのは
電車の中で
眠れる気楽さ

牧野よしみ

飛鳥の昔
彼の人のミッションは
民を救うこと
療病院　施薬院が
今に　繋ぐもの

中島さなぎ

山里塗り替える
カラス色
分け入れば
一面の
電力畑

ひまわり

ネット回線の解約は
自動応答
電話をかけた私は
一言も喋れないまま
完了

とりす

保育士が
自分の子を
入れてくれる
保育園が無いと
怒っている

高橋美代子

饒舌と
沈黙が
平然と同居している
人間社会という
森

渡良瀬流馬《るんば》

高齢者や女性
弱いものに
刃を向けて
どこが無差別殺人と
云えるのだろうか

漂《ひょう》　彦龍

「壁を作る者は
キリスト教徒ではない」
という
法王の言葉もまた
壁を作っている

大坂眞澄

茹だる暑さ
通り越して
スクランブル交差は
日体大の行進のよう
人波を擦り抜ける

梶間弘子

入学祈願
受け付けます
追伸のように
呆け拂いも致します
親切な神様

三好叙《のぶ》子《こ》

「こんないい本が
図書館の廃棄本なんですよ」
その眼は
国の滅びを
予見するような

福田雅子

いかにも
水耕栽培で
育ったようだ
ウォーターフロントの
超高層マンション

礒貝美智江

エレベーターで
ほほえみの
視線を集める
リボンのトイプードルと
真っ赤なポインセチア

亜門

初日の出
365分の1の
太陽を崇め
その気になっている
図々しさ

宮治　眞

セックス・サルゲート《代理人》
性の深淵を
覗き込む
特殊を普遍へと
ベッドの軋み

松井純代

開けてくれ　ドンドン
玄関戸をたたく音
夫と共に飛び出す
近所のご主人
家がわからん　と

規則の中の
優しさ
微笑み
病院の
檻の中

戸水　忠

貧農の父子家庭の母に
女《おなご》先生が弁当を作ってくれた
心に沁みる思い出は
命尽きるまで
母の胸底で輝いていた

平井千尋

ここからは場末
濃いアイメイクの
女の
思いがけない
膝の幼さ

三隅美奈子

巷の
ほら吹きは
国会の
二枚舌を
嘲笑う

松山佐代子

田　螺

龍彦ちゃん
一家殺害
二十数年
信者の命守る
司法の重鎮

秋川果南

玄関から魚を煮る匂い
ハアックションがベランダから
夏は
高層の団地が
長屋と化す

石村比抄子《ひさこ》

「装丁できると言って大丈夫」
プロにそう言われて
今までの
悲しみが
報われた

中島さなぎ

桃、梅、桜の
名を冠す
老人ホームに
一本も
樹がない

堀川士朗

ぶ～ん
ぶ～ん
街中に
インスタ蝿が
わいている

天野七緒

生き合う
死に合う
無医村になりそうな島で
老人達を支える
若い看護師の言葉

鉄尾タツコ

一分間に
六〇〇缶の
ビール製造
人一人居ない
工場見学

岡野忠弘

水素社会を目指すクルマ
ＭＩＲＡＩ
この工場で
第一歩が
はじまった

教室に
座る人のいない
椅子がまたひとつ
座っていた人が
どこかで見ている

大貫隆志

学園ドラマは
いいな
暴れてる連中だって
順番に
しゃべってくれる

宇佐美友見

猿一匹
都心に向う
ゴジラのテーマ曲が
聞こえてきそうな
騒ぎっぷり

二宮信子《しんこ》

カーシェアと
カタカナの看板
外人のためなら
ローマ字にすれば
駐車場と書けよ

鉄尾タツコ

寿柳裕子

「土曜日のお休みはどう？」
「大臣が来るからダメみたい」
うちは
世の中が
近い

風《ふう》子《し》

一分間で
1000発を連射する
マシンガン銃の
「連射を禁止する」という
アメリカの可笑しさ

中島さなぎ

女子たち
仕事のうち
スーツケースに
義理チョコ詰め込む
梅田阪急のベンチ

夢助

何故何故を
人に代わって
ロボットが考える
人間退化の改新が
始まっている

旅　人

絶滅種の
卵子と精子を
保存する
現代のノアの箱舟
「冷凍動物園」

金子哲夫

紅い旗を
日の丸に
持ち替えた
論客の最後
白布に覆われる

都築直美

見知らぬ我に
しきりに手を振る
青年の哀しき
精神病棟
三階の　窓辺より

高橋　典

信号なしの
横断歩道
自転車乗りの男の子
止まってくれたバスに
何度も何度もおじぎして

和からし

人間のために
作った人工知能に
肩を
たたかれる
窓際人間

荒木雄久輝

東横線
自由が丘駅
異様なざわめき
今も鮮明に
サリンの朝

漂《ひょう》　彦龍

借金を踏倒されたまま
一人の女が死んだ
知ってたのに
何もしなかった
事後共犯者としての私

柳瀬文子《たけこ》

監視大国！
まなざしだけは
溢れている街に
さびしい人達が
溢れている

作野　陽

会社を
心底嫌っているが
最近
その会社にいる自分が
心底悲しい

パンとあこがれ

居心地の悪かった
一流企業の社風
看板を
鼻先にぶら下げている
人ばかりで

良《よし》　元《はじめ》

ダムの底に沈んだ村の墓
見上げる水面は
観光地
イルミネーションの点滅に
これが極楽浄土か

今南道也《こんなんどうや》

会員増強委員の
メンバー構成
70歳台はまだ若い
80歳台が大半
これが問題だ

一歳

吊られた男が
刑場に残したものは
絶脈までの痙攣ダンス
頸骨骨折舌骨骨折
糞尿失禁射精死体―死の臭い

渡良瀬流馬《るんば》

原則「的」には…
と付くと
原則を守らなくても
いいような
規則文の曖昧

荒木雄久輝

嗚呼
ゴーン
ウィズ
ザ
マネー

庄田雄二

神ってる、とか
神対応、とか
日本は
神様が親しみやすい
でも、それが良い

ポッサラッセ

井戸の中のカワズ…知ってる？
知らない、だって
井戸って何よ？
カワズって何よ？
アァア、もうダメだ

窪谷　登

隣町の大施設
松本受刑者が去り
今度はゴーン氏が登場
我家の上空に
マスコミのヘリが舞う

宮澤慶子

ぐるり一周して
私の元に・・・
辿り着く噂話
尾ひれがついて
立派な大魚に

藤　きみ子

「わかりました」を
「かしこまりました」と言う
日本語学習者の
バイト生活を
垣間見る

野田　凛

ＪＲ四国の企業努力
というより
運転士さん　ご苦労さん
駅に着くたび降りる人の
乗車賃まで受け取って

金子哲夫

こそ泥を
殺してしまった
村の伝説
苔むす石一つ
草の中

荒木雄久輝

陸
海
空
超えて
宇宙自衛隊へ

今井幸男

人の重みで舟底へ水が
じわり染み出てくる
消滅集落へ向かう
小さな
櫓漕ぎの渡し舟

古都

建設で儲け
災害で儲ける
金を集める者は
国費を使ってまでも
大儲け

とりす

過疎化の袋小路
家五軒
人口七人
子供はゼロで
犬猫3匹

山川　進

ウイルスなどで
十億人死んでも
いいではないか
ヒトは
かなり下等な生き物なのだから

マイコフ

地下鉄の
階段を出て
空へのぼる
二十二階に
住まう人

平井千尋

オゾン層形成に
三十億年かかったらしい
二百年で
穴をあけた
私たち

水野美智子

新型コロナウイルスを
ブーマー・リムーバーと名付け
密な集合
繰り返す
若者達の無節操

間中淳子

ひとりの
強いリーダーがいる国は
危険だと
歴史学者が言う
ふうん、ここはまぁまぁいい国

原田理絵

肩がぶつかったと激昂する
あなたの周りの私達が
実は
激昂したいのよ
朝から不快過ぎて

「外出自粛」で
留守宅見当たらず
仕事は休業
補償金欲しいと
空き巣狙いボヤク

鈴木理夫《まさお》

ワンチームとか
言っといて
舌の根の
乾かぬ内に
ワンマンに

和からし

夕立急襲
橋の下
浮浪者とふたり
まつ雨止みは
羅生門級のスリル

西條詩珠

自転車　街灯
月や道に空き地
目に映るものみんな
誰がつけたか
ぴったりの名前

マイコフ

矢野　武

元気を与えたい　と
運動選手の決意表明
上から視《め》線・傲慢なり
言ってもらいたくないね
俺が狭量だからか

柳沢由美子

急な雨
人は
走り
街は
止まる

大本あゆみ

『トントンカンカン』
家を建てる音と
『ガシャンガシャン』
家を潰す音が
競っている炎天下

ともひめ

女三人
机に向かい
黙々と
私用
今日は上司不在

巻二十七

介護・命

柳澤茂実

麻痺の手で
十円玉握りしめ
公衆電話に急ぐ車椅子
初めてのお使いのように
用件を忘れる

良《よし》　元《はじめ》

図書館での
女性二人の手話
白い指がしなって踊る
口よりも多弁な会話を
そっと聞いてみたい

ひまわり

「悪いのんは足だけやん
しっかり勉強しぃ！」
この母に支えられているから
車椅子の少女は
いつも笑顔だ

仲山　萌

ついこの間まで
介護と看護に明け暮れていた
その同じ空間《へや》が
香煙《けむり》と読経に包まれている
闘った夢が覚めたような　今

紫　草子

「主人と二人でいるからって
何する訳でもないのに
チョロチョロ覗くんよ」
リエちゃん
それは看護師さんの勤めだよ

塩崎淑子

介護認定日の兄は
風向き変えて
何でも出来ます　解ります
いい顔して
困ったもんじゃ

佐藤沙《さ》久《く》良《ら》湖《こ》

津波と介護の
どちらが辛いと
人が聞く
即座に介護と
それほど孤独だった

神部和子

優しい人が
損をする
介護では、と
聞かされる
悲しいことだ

行倒れの
浦島太郎を助けた
老人介護施設
毎日竜宮城の話を
聴かされている

金子哲夫

母の介護に
「死んで」と
思った友の苦渋
私も　わたしもよ
体験者寄り添う

吉田るり子

気の沈む
介護へ向かう
足取りの
歩みを遅める
灰色の雪雲

西條詩珠

カーテン開けて「おはよう」
夫「・・・」
母　「・・・」
ひとり三役劇
介護屋さん開店です

秋葉　澪

97才の義母は
老人ホームで
暮らしているけど
一時も気が緩まない
脳内同居をしている

梶本千恵美

介護の日々の辛さが
胸の底に鎮まるまで
同じ長さの
歳月が
必要だった

酒井映子

母の背をさする
看護師さんの
優しい手
包まれたいの
わたしも

富士江

殺意にも
似た感情を
怒鳴って蹴散らす
優しいと
言われたこの俺が

ろごす

富士江

介護ベッドを
運び出したあとの
母の部屋の
白い空間で
少しだけ泣けた

紗みどり

私でなければダメだから
私のクローンが欲しい
と
友は　夫君を
全霊で介護する

ひまわり

母の体内時計は
3時間ほど進んでいて
午前7時に整骨院に行って
もう閉まってた
と言う

倉本美穂子

まだ寝とっちゃってええですよ
と　訪問入浴の看護師さん
若いのに広島弁で
おばあちゃん目線で
母は話しかけてもらう

ろごす

「誰やったかいな」
と　リモート面会の母
偽りのない一言が
心の奥に
ささる

野田　凛

電池が
殉死を許さなかった
誰もいなくなった家で
ひたすら陽気にダンスする
時計のピエロ

甲斐原　梢

死神が立った所も
触った所全てを
削り取る様に
消毒し清掃する
昨晩旅立つ人を送った病室

甲斐原　梢

一人の病室のベッドの上で
抱え込む何もかも
痛みも
後悔も
口を噤んで

生きたまま
天国へ
来ちまったような
ホスピス病棟
個室の快

紫　草子

転院また転院で
視野は狭まったが
心はいつも
大宇宙に
抱かれている

紫　草子

俺の
死に装束は
白ではなく
黒だ
闇に消える

宮治　眞

透析四年
専門クリニック三〇床
大病院への移送は
男八人、女二人
帰って来ない

冬《とう》　石《せき》

甲斐原　梢

父よ　病院嫌いを引継ぐ私の
九回もの手術は
貴方や子や孫
皆の分も
引き受けたと思いたいのです

中澤京華

死んだらお終いだと
心底思った大雪の日
橋の上のスリップ事故で
車が橋の欄干を突き破って
止まった刹那に

中山まさこ

こんなに大きな金属が
二本も体に入った
そのうち息子が
火葬場の長い箸で
よけたりするのだろうか

村田新平

二〇二六年
サグラダ・ファミリア
ついに完成
では　あと九年
頑張るか

リプル

捨ててこい
と言われて
橋から投げた
紙袋
子猫五匹

村岡　遊

安楽死するための
薬を手に
その女性は
「アデュー」と言った。
テレビ画面に凍りつく

安部節子

殺された友の
傷口の首の包帯が
白薔薇に結ばれていた
通夜帰りの娘の
怒りと悲しみの嗚咽

田川宏朗

大雪の翌朝
錠を下ろし
ふりむいた刹那
50センチ先を
死が　落雪《なだ》れていった

魂が
柘榴のように
割れた
気がした
妻の死んだ日

金子哲夫

air bag
二つ開いて
命をつないだ
白い瞬間を語る
あっけらかんと

福家貴美《ふけきみ》

息があるうちは
収集できません
ダンボールの仔猫
二度目の電話で
受け付けられる

中島さなぎ

命なんぞ
捨てた気になったとき
いのちの
真ん中に
坐っている

柳瀬丈子《たけこ》

小山白水

十二月四日朝
昨日の笑顔が
ない
母の
おだやかな顔

渋谷敦子

「僕はどうなるのかな」と夫
尊厳死を伝えるのは妻の役目
医者は厳しく聞いてくる
心臓のモニターが0《ゼロ》を示した時
私は気を失なった

佐々野　翠

善いことをしても
してなくても
二時間で
人は
骨になる

鬼ゆり

今まで楽しかったよ
逝《い》くから会いに来て
と言う顔して
別れを告げる
時の一室

津田京子

穏やかな顔
優しい顔
でも　どうして
息をしないの？
ねえ　どうして？

草野　香

「明日の8時に
死にそうです。
お世話になりました。」
施設長に挨拶する父
大正生まれ

川岸　惠

人は
寿命が来たら
死ぬんだよ
その前には
死ねないんだ

植松美穂

生きるための
可能性があるなら
やるしかない
命のカードを
きる

大森　仁

ここにいる人たちは
今
命のことばかり
考えている
大阪国際がんセンター

巻二十八

歴史

平井千尋

塩分濃度0.9％の血潮だ
例え宇宙に出ようとも
太古の海は
私たちを内側から
満たしている

茂原朝子

引揚げ時
父の言葉
日本は何処も
美しい公園だよ
おどろくぞ。

八木大慈

ビルマ会最後の
兵隊さんが逝った
残ったのは
戦争を知らない
二世ばかり

里乃亜希

敵機来襲！
夜中に　B29に
起される辛さ
歯の根も合わない
怖さと寒さ今も忘れない

矢野　武

考えてみたら俺の青春
戦争の黒い煙に隠れて
煤けた顔で
ようやく見えた太陽が
眩しくておどおどしていた

髙橋文夫

復元された零戦
展示館内壁に貼られた
笑顔の撃墜王ポスター
殺人者と英雄が同居する
戦争の定義

岡田道程

狂気は戦場だけではない
たとえば
米軍捕虜八名を
生体解剖した
帝大医学部外科室

神部和子

この駅の
賑わいの記憶
話してみたいが
おやめ、と
制止するように静かだ

目の玉が
灼ける痛み
何十年経っても
鮮やかに甦り
またあの焔の中にいる

高樹郷子《さとこ》

戦争の
一面は
経済VS芸術
そして芸術は
最後には残る

庄田雄二

原爆投下の
目標とされた
相生橋
大雨で
濁流と

鵜川久子

戦時覚えた軍歌
〝予科練の唄〟は
何か鼓舞したが
〝海ゆかば〟は
悲しかったなあ

石井　明

柳瀬丈子《たけこ》

湖底から次々に
出土してくる
縄文土器
琵琶湖には　まだ
知られざる歴史《ものがたり》がある

棗《なつめ》　邦《くに》

海軍の秘密基地跡の洞窟
多くの若者が
身体を横たえた所に
コウモリが冬眠中
ゲジゲジもいる

戸水　忠

宣長の
古事記私淑は
稗田阿礼の
生の声
聞えたのだ

本郷　亮

畑を　荒らす犯人
見つけた
戦時　防寒毛皮にと
輸入飼育した
ヌートリアの反撃だ

ともこ

もう一花咲かせないと
国民は納得しないだろうと
二月の御前会議で言ったという
昭和天皇には
戦争責任がある

山鳥の郭公

仕舞屋に
残された
蔵
臍帯と
通知表が眠る

草壁焔太

祖先の暮らしていた
谷底の村に
降りて行った
新しい本を
開くように

姫川未知絵

22歳で特攻隊で散った伯父
赴く前に
実家の上を旋回し
両親に
別れを告げたと

漂《ひょう》　彦龍

太平洋戦争は
日本がアメリカの基地を
攻撃して始まり
日本がアメリカの基地に
なって終わった

鳴川裕将

三百年では
蝉は進化しない
故に
芭蕉と
同じ蝉

鉄尾タツコ

思い出したくなくて
広島を出たのに
毎年テレビを見て
黙祷して
十四才のあの日に戻る

いぶやん

遺書にすら
検閲のあった
あの時代
特攻隊員の本音は
潮騒の中

ゆうゆう

毒ガス製造島で
実験用に飼われていた
兎
いまは
観光地「うさぎ島」となって

ヨーコ

モスクワの冬に
敗北した
ナポレオン
雀が丘は
緑に柔らかな陽射し

鮫島龍三郎

白亜紀
恐竜が徘徊する中
突然
花々が咲き始めた
地球は美しい星になった

福井昭子

引揚の船の中
死ぬ前に今一度と
枯れた乳首をくわえ
奇跡が起きた乳が出た
そして私はここにいる

須賀知子

八月六日
八月九日
は
アツイ
と言うまい

漂《ひょう》　彦龍

それを見た痛みは
想像を
絶しただろう
長崎のマリアには
瞳がない

高樹郷子《さとこ》

親を大切に
兄弟仲良く
と　教えた教育勅語が
子を
特攻に送り出した

島田式子

三十一年ぶりに
商業捕鯨再開
天国から見てるよね
捕鯨母船を
造船していた夫

須賀知子

戦後七十五年の
秋彼岸
真っ先に目についていた
英霊の碑がない
墓仕舞いが始まっている

菊地牧子

「ファクス」
外国では
博物館でしか見られないという
日本では　独自進化し
今や　熟年遺産となった

巻二十九

子ども五行歌

ほしはなんであまいかしってる？
ざらめで
できてるからだよ
それがぜんぶとけて
あさになるんだ

とのはる（四歳）

つかれてさむい日に
こたつに入ると
つかれがこたつに
すいとられて
あったまる

まめこ（小二）

わるい心がだいきらい
でもまい日
その心が出てしまう
どうしたらなおせるの
だれかしってる？

まめこ（小二）

くうきのぬけない
そらとぶじてんしゃが
あったらいいのにな
それをかったら
どこにでもいけちゃう

とのはる（四歳）

かけ算九九
ぜんぶおぼえた時
体がポカーとした
何だかこころが
おどってる

礒　陽麻莉（小二）

時はすでに
はじまっている。
むかしの思い出が
今のぼくと
つながっている。

内山愛翔《あいと》（小二）

ワンタンさん
おゆにつかって
グラグラボコボコ
あったかそう
ぼくもはいってみたいな

とのはる（四歳）

学校は
どうしてあるの？
べんきょうなら
家ですればいいのに
どうして

まめこ（中一）

プリンを食べているときが
一番
これ
今なんだよなあ〜
っていう心になる

工藤由祐《ゆうすけ》（小四）

ねるまえの本は
明日のことの
えらびだよ
かなしかったときは
楽しい本

まめこ（小二）

おばあちゃん
ママを生んでくれて
ありがとう
私はだれを
生むのかな

礒　陽麻莉（小三）

うそ日記
とっても楽しい
なぜかというと
そうぞうが
どんどんふくらんでいく

まめこ（小三）

まめこ（小三）

おばあちゃんは
でんわに出る時
おほしさまのように
キラキラきれいな声
いつもそうだといいのにな

水源《みなもと》カエデ（中二）

何かやれば体罰
少し泣かせればいじめ
やり返しちゃダメ
こんな甘いルールで
本当に良くなってるの？

まめこ（小三）

川はね
いつもどけどけ
言っている
なぜかというと
どてが広がるじゃまをするから

まめこ（小三）

ガラスのエレベーター
上りはグーン
下りはヒュー
でもかんそうは
どっちもワー

ジョウビタキ
つぶらなひとみで
ペコンペコンと
お辞儀して
私の心を掴むのね

中澤麻祐子（中三）

えだまめさん
おすと
ピュッ
テーブルの下へ
いっちゃった

まめこ（小四）

今はもう使ってないのに
いざあげるとなると
あげたくない
私ってよくばり？！
みんなそう？！

まめこ（小五）

ホタテとの真剣勝負
私がヘラを入れると
口を閉じるホタテ
でも一時間後には
ホタテは私のお腹の中

まめこ（小五）

コロナコロナで
家の中
「犬はよく飽きずに寝てるね。」
「いいえ、飽きてるから寝てるのよ。」
いやな顔

まめこ（小六）

しあいをした
1しあいめまけ
2しあいめまけ
3しあいめまけ
かてるのはいつだろう

小泉　晴（小二）

巻三十

旅・世界

飯塚君江

ヨーロッパの美しい
刺繍は
長い冬が培ったもの
白糸刺繍は
雪の結晶のよう

青《せい》 香《こう》

新幹線の車窓から
刈り田が見えた
草かんむりに高い木
藁という漢字を
覚えた日が現れる

染川 衛

妊娠中絶に
反対の人が
賛成の人を
〝銃で射殺〟
何たる矛盾

幸田真理子

目をつむり
声にすれば
それだけで
歌と思える
「よぎしゃ」

まど明かり

クアラルンプールといえば
空港のコーヒー
あの美味しさ
一生に一度くらい
誰でもそういうのってある？

大森晶子

花びらの
いっぱい詰まった
玉手箱
2週間の
日本への旅は

梶本千恵美

ニューヨークの娘家族
二年振りの帰国は
わずか10日間
日本を満喫したいと
外国人のように言う

六《りっ》 花《か》

慰安婦の少女像に
「あの銅像は何？」
って問う息子に
口籠る
この歴史をどう説明すべきか

髪を見せたら
男の劣情を招くと
イスラムからの訪問客
ウイッグで髪を盛る
私に驚く

野田　凛

登呂遺跡に立って
富士山に
向き合えば
心はストンと
貫頭衣を着ている

坂東和代

今度
核爆弾を落とした国は
三千年経っても
名誉は
回復しないだろう

草壁焔太

出会う
犬と犬
家族と家族
旧知の如き
紅葉の宿

心《こころ》美《び》人《と》

かおる

足を開けば
ストリッパー
ススキの観客が
手を振る
露天風呂

大森晶子

メリー ゴー ラウンド
思い出を呼び起こし
時を遡って
木馬は
故郷の遊園地に着いた

守野純子

ワイトモ洞窟
鍾乳洞の奥深く
ツチホタルが生息
小さな輝き壁一面に
舟上より眺める

瑠賀まさ

道端の牛の頭に
カラスが止まり
僧の講義を
野猿が正聴している
インドの共存生態

両目に入りきらず
こめかみまで
弧を描く水平線
遠くに
船

山崎　光

この世で
驚いたもの
原爆
両親
津波

草壁焰太

ハーフの
孫は
異文化の
かたまりで
駆けてくる

藍　弥生

福オカ！！
福シマじゃなくて
福オカ！！
明日行ってくるねの私に
ぶったまげる嫁

ともひめ

岡田道程

日本語をやめて
英語　仏語にと言った
森有礼《ありのり》と志賀直哉
旧仮名遣いに拘った森鷗外
どちらが国際派だろうか

見出《みいで》　丘《たかし》

英語では
SAYの一言
比して深く重い
正、聖、整、生、成、製、精、
盛、勢、晴、性、世、…まだ続く

旅　人

一斉に
携帯が鳴った
「高齢者避難開始」
豪雨のツアーバス
それでも旅は続く

旅　人

大西洋とインド洋が
交わる海に
線引きはない
どこまでも青
喜望峰の碧

紫《し》桜《おう》光《み》縫《ぬい》

美しい名簿だ
ラグビーW杯日本代表は
日本人名と
外国人名が
当たり前に並ぶ

川原ゆう

空と海
たまに列車
他には何もない駅に
居心地よさそうな
夕陽

草壁焔太

世界は
やがて一つになり
国名は
「こころ」
となるだろう

巻三十一

芸術・歌・学

一年の孫が
憶える80字
この漢字から
智の旅が
始まる

引地よう

「気管切開の歌を書いてみる？

あなたしか書けない」

「そう思っていたところなの」

Mの後ろの沢山のMを
背負うM

山尾素子

光りと水と睡蓮が
融けあい
描いたものは大気
晩年のモネは
風景になった

旅　人

緋色《ひいろ》・緋《あけ》
直緋《まあけ》・火色《ひいろ》
思《おも》ひの色
これは一色
日本語奥深い

山本富美子

一歳

無限増殖する
解釈に次ぐ解釈
翻訳に次ぐ翻訳
原本から限りなく
差延してゆく本、本、本

みさえ

ラベルの曲
螺旋状に
全てを受け入れ
清き流れに
変換する

塚田三郎

一首あれば
いいと言う
歌人のたしなみ
それはおそらく
真実であろう

西垣一川《いっせん》

わたしは空っぽ
すっからかん
だからわたしの中に
お入りなさい
知よ美よ歌よ

磯　純子

数学は
山のぼり
幾つか
道があり
頂は宇宙につながる

柳瀬丈子《たけこ》

たくらみを
削ぎ落し
技の極みは
シンプルな像《かたち》と
おおどかに笑む伎芸天

ヨーコ

第一関節
第二関節
徐々に赤く染まっていく
アンドレイ・ググニンのゆび
リストの超絶技巧練習曲全曲　ブラボー

吉野川芽生（中三）

本当の感動は
余韻が美しい
いつまでもいつまでも
心をつかんで
離さない

渾身の
一撃を
一瞬にして止める
居並ぶ演奏者のなかで
シンバルに奪われた視線

風祭智秋《ちあき》

「うた」は
ひとに読まれてこそ
息づくもの
ひとが
生命《いのち》を与えるのだ

永田和美《なごみ》

文学
だけは
思想統一
されては
ならぬ

草壁焔太

歌で
できている
人を
見るようだ
歌集というもの

柳沢由美子

凄い歌集読むと
自分にも
詠むべきことある
と思えるほど
本当に凄い

山茶花

もう
歌は書かない　と
手帳に書く
大きく蒼い空と湖が
これを破り捨てた

鈴木泥雲

おおぉ
全身から
声にならない声
辛崎の一本松
会いに来たよ

三好叙子《のぶこ》

今日だけの
勘違いで
かまわない
歌が一つできた
その為に生きてきたと

鳴川裕将

樹《いつき》　実《みのり》

哲学者、宗教家
生命科学に生物学
その他諸々の専門家が
命について議論する場の
円卓になりたい

旅　人

節穴から覗く
おぼろなひかりに
土間が浮かび
幻影か
倒れた一村がいる

三隅美奈子

とんと想像できぬもの
子供の頃の芭蕉
左団扇の啄木
子規の恋の歌
まだあるまだある

安藤みつ子

読書して
教養を高めれば
良い歌どんどん
詠めるのじゃないの
などと理系の彼は言う

三好叙子《のぶこ》

日々、私の発する
無数のことばから
とどめおくのだ
歌よ
この息の結晶であれ

磯　純子

数学の答案も
戦争をしているように
書いていているうちは
うまく解けない
きれいな田畑のようでないと

高原《こうげん》郁子《かぐわし》

五行歌大学が
普通の大学と
異なるのは
なんと建物が
存在しないことだ

三友伸子

「その時正しく語れるように
今正しく勉強しておく」
涙が出てきた
きっと　五行歌の
核心を衝いているから

難民の子たちよ
読み書きだけは
覚えて欲しい
自分の役割に
目覚める日がくるから

生駒涼子

歌は
人に
見せないと
呼吸を
しない

中野忠彦

母校の
校歌で知った
叡智の瞳
私が目指すものは
いつもそこにある

萌　子

うたいながら
私は勁くなる
うたうことは
私を直くする
うたよ　私を磨け

柳瀬丈子《たけこ》

会いたいひとに
会いにいく
図書館は
私の
タイムマシン

永田和美《なごみ》

学びの先に
希望が生れる
毅然とした字で
遺書など
書こう

田代皐月《さつき》

高い枝で
風に
目を細めている鳥たちのように
歌書く者の
つきあいはある

草壁焔太

「人生があなたを
待っている」と云った
V・フランクルに
伝えたい
歌も私を待っていた、と

佐藤沙久良湖《さくらこ》

クリムトの
下絵に
細かな鉛筆のメモ書き
もの創るとは
こういうことか

漂《ひょう》　彦龍

もう
幕を閉じようか
と　思う時
歌が
私の心を激しく敲く

鈴木泥雲

ゴッホは
黒と黄色で
緑を描いた
闇夜と太陽の
混ざった楽園

マイコフ

本はいつも
やさしかった
いくらでも甘やかす
知性と堕落とを
秘めていた

甘《かん》　雨《う》

五行歌は
はだかんぼう
何ひとつ
まとっていない
だから美しい

永田和美《なごみ》

小鼓の円い音
破って　破って
大鼓の金属音
能舞台は
緊迫していく

須賀知子

「『アーメン』って
『マジで』って意味なんだって
翻訳すると格好悪いから
『アーメン』のままなんだって」
「マジで?!」

紫桜光縫《しおうみぬい》

反故ばかりの哀しみの山
この向こうに
ひかりの
一文字がいつか
月のように昇るのだ

西垣一川《いっせん》

鮫島龍三郎

私の歌が貧弱なのは
わたしが
貧しいからだ
だから
私の歌なんだ

樹《いつき》　実《みのり》

狂った画家の
見た世界は
こんなにも色鮮やか
私の方が
よほどおかしいのだ

三隅美奈子

新興五行歌なるものの
出現した未来
彼らにケチョンケチョンに
酷評される一首を
作りたい私である

城　雅代

未知が知に
変わる時
一瞬
老眼のピントが
クリアになった感じ

永田和美《なごみ》

自分が
自分からはなれたとき
そこに　ふっと
うたの生まれる
すき間ができる

井椎しづく

ウタは
雫のよう
思いが
ずっしりたまると
ぽたっと落ちる

河田日出子

この世で
一番の興味は
他人の人生を
見聞すること
だから本を読む

中澤京華

見えない心
伝える
見える文字だから
丁寧に
綴ろう

杉本浩平

黒澤映画を見ると
昔は本物の大人が
いたなあと思う
今は大人の顔をした
子供ばかりだ

山鳥の郭公

共感する作品は
時を長く感じる
あ〜。得をした
もう一度
この時を繰り返す

樹《いつき》　実《みのり》

誇りとか
そんな軽いものではない
書くことは
私の
魂そのもの

ざしきわらし

「五行」
の発見は
「光源」
の発明
人間を内から照らす

福家《ふけ》貴美《きみ》

すぐに
評価されるのもいいけど
ゆっくりと
評価されるのもいいな
100年先の五行歌みたいに

草壁焰太

うたは
ひとの花
そのときの
最も
よい香りを

佐々木エツ子

一日のうちに
与謝野晶子になったり
石川啄木になったり
最後に草壁焰太になる
うた作りは面白い

[ひ]

[ふ]

[ほ]

[ま]

[み]

[つ]

[て]

[と]

[な]

[に]

[の]

[は]

[す]

[せ]

[そ]

[た]

[え]

[お]

[か]

歌人索引

五行歌を書きたい方へ

五行歌を勉強してみたい方、書きたい方は、市井社の本で自習も可能ですが、「五行歌の会」に入会されて、雑誌に五行歌を発表しながら、歌会に参加し、勉強されるのが一番かと思います。下記、五行歌の会までお問合せください。

また、五行歌の会のホームページを見て頂ければ、入会方法、全国の歌会、五行歌公募などのご案内もあります。

五行歌の会は、創始者、草壁焰太の主宰する会で月刊誌『五行歌』を刊行しています。400頁に近い大雑誌です。定価1,200円(税込・別途送料)です。書店での販売はしていませんので、お求めは五行歌の会までお問合せください。なお、定期購読（6ヶ月～）のお申し込みで、送料不要となります。

会費は、会員が月額2,300円(雑誌代込)、同人は月額3,000円(雑誌代込)で半年分前納いただきます。ご入会時に、入会費3,000円が必要です。

（例）会員としての入会の場合
入会費3000円+会費半年分13,800円＝16,800円

(2021年8月現在)

これで会員は毎月3首掲載でき、同人になりますと5首掲載できます。よい作品は、巻頭作品、佳作作品として雑誌の始めに掲載されます。

入会後の休会、退会は自由です。休会後、3年以内の再開は入会費が免除されます。

歌会は、全国に約110ほどあり、各歌会への参加は自由となっています。本格的に勉強されたい方は、下記までお問合わせください。ほか、草壁塾講座のDVD37巻、書籍などもあります。書籍は、電子書籍としても廉価で発売しています。電子書籍については、五行歌の会HPの「五行歌資料（電子書籍）」からご覧ください。

五行歌の会 https://5gyohka.com

〒162-0843 東京都新宿区市谷田町3-19 川辺ビル1F

電話03-3267-7607　FAX03-3267-7697

メール post@5gyohka.com

郵便口座　00150-8-766728　名義：五行歌の会

五行歌の歴史

1957年10月　草壁焰太（三好清明）19歳、大学2年の時、五行歌を着想。運動を30～40年後に開始することを決意。
1971年　草壁焰太33歳のとき、8月刊の詩集『ほんとうに愛していたら』（新書館版）に五行歌27首を掲載。市販の書籍に初めて載せた。このときは、まだ「五行歌」とはしていない。本詩集は10万部程度刊行された。以後、4冊の詩集に各数十首の五行歌を発表。
1979年　詩誌『湖上』創刊。1980年5月第7号に五行歌「赤鬼は洞窟のなかで一人ぼち」25首を発表。「五行歌日誌」も開始。1981年から同誌に「五行歌欄」を作った。その後1982年『湖上』は『詩壇』となったが、五行歌欄は継続され、一時期300人が書いた。『五行歌』正式創刊を目指し、1983年『詩壇』を廃刊。その年、五行歌集『穴のあいた麦わら帽子』（市井社）を刊行。
1987年秋　「こんなに／寂しいのは／私が私だからだ／これは／壊せない」を書き、「五行歌運動」に入ることを決意。
1993年　五行歌集『心の果て』を刊行。
1994年4月　『心の果て』の読者中の約30人らとともに『五行歌』を創刊。

現在、五行歌の会の同人会員は約600人、全国に約110箇所に歌会や講座がある。読売新聞埼玉版、岩手版、神奈川版、山梨版、静岡版など全国の紙誌数十に五行歌欄がある。個人歌集、選歌集も百数十冊に達し、各種公募、イベントなどで最も人気のある文芸となっている。

これまで五行歌記事は、各紙誌に数千回紹介されている。テレビでは、2003年1月26日ＮＨＫ教育テレビ「こころの時代」で草壁焰太の五行歌の歴史、「私からの出発」が放映された。

2006年には、世界普及に乗り出し、英文の『Gogyohka』を刊行、アメリカ、イギリス、タイ、フィリピンなどで講演、現在までに500人の海外五行歌人を育てた。

2019年には五行歌の会創立25周年記念として、東京・大阪・福岡・岩手にて、「五行歌25年～言葉でひらく未来」全国巡回展示を行い好評を博した。

入門書としては『すぐ書ける五行歌』『五行歌　誰の心にも名作がある』（市井社）、詩論書として『もの思いの論』（市井社）、本書以前の秀歌集としては『五行歌の事典』（東京堂出版・絶版）、『五行歌秀歌集１』『五行歌秀歌集２』『五行歌秀歌集３』（市井社）がある。

編者　草壁 焰太（くさかべ えんた）

1938年3月13日、旧満州大連に三好茂三九、清子の次男として生まれる。本名三好清明。4歳のとき、啄木の歌「手套を脱ぐ手ふと休む…」を聞いて、うたびとになることを決意、9歳のとき家族7人とともに大連より小豆島に引き揚げ、草壁小、内海中、小豆島高校を経て、1961年東京大学文学部西洋哲学科卒、読売新聞社入社、1964年退職して詩歌に専念、これより先、1955年、前川佐美雄の『日本歌人』入会、しばしば居候して佐美雄の薫陶を受ける。

1957年五行歌を着想。30～40年後に運動することを決意。佐美雄にもこれを伝えた。1966年詩集『ほんとうに愛していたら』（六藝書房）を出版、以後『白い息ミルクの呼吸』（同）『肉のきずなを断つときは』（日貿出版）『ほんとうに愛していたら』（新書館）『恋人の子守歌』（同）『ハ・亀頭ホーヒエン』『赤い頬に頬を寄せると』（光風社）『西池袋物語』（六藝書房）五行歌集『穴のあいた麦わら帽子』を刊行。文学評論として『石川啄木―天才の自己形成』（講談社現代新書）、『啄木と牧水―二つの流星』（日貿出版）、文章分析として『散文人間・韻文人間・データ人間』を上梓。翻訳などを合わせると60冊を越える著書がある。五行歌集としては上記のほか『心の果て』『川の音がかすかにする』『海山』『人を抱く青』（選歌集、遊子編）があり、五行歌解説書としては、『五行歌を始める人のために』『飛鳥の断崖―五行歌の発見』『五行歌入門』（東京堂出版）『すぐ書ける五行歌』『五行歌　誰の心にも名作がある』がある。

この間、詩歌誌として『絶唱』『湖上』『詩壇』を主宰。『湖上』『詩壇』に五行歌欄を設けた。1982年、詩歌運動の拠点として出版社市井社を創立。1980年代終り頃から本格的な五行歌運動開始を決意、1994年「五行歌の会」を創設、月刊『五行歌』を刊行、27年間の活動で五行歌は50万人の愛好する詩型となっている。現在110の支部歌会が各地での五行歌の拠点となっている。　（出版社の記載のない書籍はすべて市井社）

五行歌秀歌集 4

2021 年 10 月 15 日　初版第 1 刷発行

編　者　　　草壁 焔太
発行人　　　三好 清明
発行所　　　株式会社 市井社《しせいしゃ》
〒 162-0843
東京都新宿区市谷田町 3-19 川辺ビル 1F
電話　03-3267-7601
https://5gyohka.com/shiseisha/

印刷所　　　創栄図書印刷 株式会社
装　画　　　ピエール・ヴォアザン
装　丁　　　しづく

ISBN978-4-88208-190-6